OS PAPÉIS DO INGLÊS

Ruy Duarte de Carvalho

Os Papéis do Inglês

ou

O Ganguela do Coice

narrativa breve e feita agora (1999/2000)
da invenção completa da estória de um Inglês
que em 1923 se suicidou no Kwando
depois de ter morto tudo à sua volta
segundo uma sucinta crónica de Henrique Galvão

1ª reimpressão

Copyright © 2000 by Ruy Duarte de Carvalho
e Edições Cotovia Lisboa

Edição apoiada pela Direcção-Geral do Livro e das Bibliotecas
Ministério da Cultura de Portugal

A editora optou por manter a grafia do português de Angola

Capa
Mariana Newlands

Imagens da capa
John Maier Jr./ Argus Fotoarchiv/ Corbis Sygma/ LatinStock
Horace Bristol/ Corbis/ LatinStock

Revisão
Arlete Sousa
Elizete Mitestaines

Dados Internacionais de Catalogação na Publicação (CIP)
(Câmara Brasileira do Livro, SP, Brasil)

Carvalho, Ruy Duarte de
    Os papéis do inglês ou o Ganguela do Coice / Ruy Duarte
de Carvalho. — São Paulo : Companhia das Letras, 2007.

    ISBN 978-85-359-1000-1

    1. Ficção angolana (Português) I. Título. II Título : O
ganguela do coice

07-1756   CDD-869.3

Índice para catálogo sistemático:
1. Ficção : Literatura angolana em português   869.3

[2009]
Todos os direitos desta edição reservados à
EDITORA SCHWARCZ LTDA.
Rua Bandeira Paulista, 702, cj. 32
04532-002 — São Paulo — SP
Telefone: (11) 3707-3500
Fax: (11) 3707-3501
www.companhiadasletras.com.br

Índice

Livro primeiro

23.12.99 — Saí sozinho...	11
A estória, a bem dizer	12
24.12.99 — ...só se fosse olhar o céu	19
Para quem? Ou *a quem?*	19
25.12.99 — A hesitação coloca-se...	25
Os papéis do meu pai	26
À procura dos papéis do meu pai	35
26.12.99 — Ao acordar de manhã...	44
Uma imensa fadiga	45
27.12.99 — Parece levantar-se o vento leste...	60
"Aos que buscam os tesouros do mundo"	61

Intermezzo

Como num filme	77

Livro Segundo

29.12.99 — Ao fim e ao cabo o que mais nos toca... 93
Uma curva pela mão esquerda   93
O Grego é que podia ter morrido assim   102
Da morte do Grego   117

30.12.99 — Tudo é imemorial...   130
Onde mais te vês...   130
... é lá que mais te diz   148

31.12.99 — Dos horizontes da idade   158
A mala do mais-velho   159
A mulata muda   169
No fim dos mundos, tesouros   178

01.01.00 — Nesta passagem do ano...   180

Para a destinatária que se insinua e instala no texto, com um aceno para o Filipe e a Paula, em Londres.

Livro primeiro

23.12.99

Saí sozinho, logo que cheguei, para fotografar pedras à volta do acampamento, no regresso atravessei uma linha de água em sítio errado e desfiz o rumo, mantive as cabeças dos morros à esquerda mas ultrapassei a zona, internei-me em mata sempre baixa mas cada vez mais densa, deixei de ver à volta, fui ter muito à frente, quer dizer, perdi-me. Subi a uma pedra, vi a antiga pedreira de mármore já assim tão perto, do acampamento só se lhe vê é a cabeça branca. Retrocedi. Agarrei então o curso de uma outra mulola, havia de vir ter até ao rio, rodeei um sombrio cemitério, entalei no cinto um ramo de folhas verdes, e aí apanhei um caminho de bois que acabou por trazer-me a estas nascentes aqui ao lado. Andei às voltas por me julgar bastante, em terreno alheio.

A estória, a bem dizer

1

A narração daquela estória que prometi contar-te, a do suicídio de um Inglês no interior mais fundo de Angola e nesta África concreta de que tu, e todo o mundo, tão pouco realizam no exacto fim deste século XX fora de um imaginário nutrido e viciado por testemunhos e especulações que afinal se ocupam mais do passado europeu que do africano — e pelas versões mediatizadas, e de plena má-fé, às vezes, da aberração do presente —, poderia, a ser levada avante, começar aqui e agora. Naquelas pedras onde arde o fogo que ateámos ontem para manter aceso durante os dias todos que vão seguir-se, contei uma noite, num junho ou num julho de um ano atrasado, essa estória que até hoje me anda a trabalhar a cabeça, desde que esbarrei com ela num livrinho da autoria dessa fascinante personagem da nossa história comum, o muito activo e irrequieto capitão Henrique Galvão, do exército português, na reserva, figura de grande protagonismo na cena angolana quando a colónia bate o seu pleno, e que acabará por rematar a sua agitada carreira política, em janeiro de 1961, ao inaugurar, acompanhado por 24 homens (operação "Dulcineia", um morto e três feridos), a prática moderna da pirataria política com o assalto e desvio do paquete Sta. Maria, da carreira para o Brasil da Companhia Colonial de Navegação. Juntos comigo, a aquecer-se ao fogo, estavam o Paulino e o David, o que é habitual quando as noites são frias, como essa era, e o B e o Pico, meus informantes desde o início das deambulações etnográficas que faço por estes lados. Partilhavam connosco, antes de ir dormir nas casas das famílias, a garrafa de aguardente que eu tinha mandado abrir depois de um dia de conversa intensa. Andava, nessa altura, a inquirir com fúria, a aproveitar a condição de astuto soba e perfeito falante de português que é a do B, e a de terapeuta e sibilino e perspicaz perscrutador das ligações e das questões entre as famílias desse notável marginal temido que o Pico é.

2

Voltaste a pegar nos *Pastores*...? Prometeste fazê-lo enquanto eu agora andasse por aqui. Vê onde diz que o Paulino é um Ganguela dos que vivem há muito tempo no Namibe e me acompanha, como assistente, ajudante, desde que aqui comecei a vir, e o David, seu sobrinho, tem crescido ao nosso lado. A esse, para lhe dar uma ajuda no serviço da água e da lenha, foi o tio que no segundo ano destas nossas estadias passou a trazê-lo, da mesma forma que arrastou desta vez, também, uma mulher nova que arranjou faz pouco tempo, risonha, e Ganguela como ele, a pretexto ainda de precisar de ajuda, mas em meu entender foi mais talvez é para não a deixar, no Namibe, assim sozinha durante os dez dias em que aqui vamos estar, bonita e fagueira como parece ser. Arranjou-lhe um fogo nas discretas sombras das bordas da clareira onde montámos, como das outras vezes, o acampamento, e é de lá que me vem agora o sussuro da sua conversa, assim saibam aproveitar o sossego desta lua-de-mel, com comida e bebida em abundância. Dispomos de comida e de bebida para prover a todas as necessidades e dar largas, à margem dos apertos da cidade e dos constrangimentos do débil salário que a delegação do ministério da cultura paga ao Paulino, a todas as generosidades. O David está sentado ao lado, mergulhado na decifração do dicionário de língua portuguesa que prometi trazer-lhe quando no ano passado me sobressaltou a madrugada, à hora do café do primeiro cigarro, a indagar, com um cândido olhar de confiante espectativa, o que queria dizer a palavra *extraordinário*...

Ora, precisamente, de uma observação feita pelo Paulino, quando encerrei ali a minha narrativa da tal estória, é que haveriam de resultar, em grande medida, a dinâmica e as rotas de muitas das minhas deambulações seguintes por estas estepes e savanas, setentrionais e austrais, de serra acima e abaixo.

3

À própria estória, a do Galvão, acabaria por bastar a meia dúzia de minutos que levo a contá-la quando a resumo a alguém, mesmo se lhe acrescento, como afinal sempre vem a acontecer, o comentário de que ela detém sem dúvida um potencial dramático digno de uma peça literária acabada, a sério, ou de um filme. É uma estória que sai de três ou quatro páginas da primeira obra de Henrique Galvão. O livrinho, que tem 200 páginas *in octavo,* foi publicado pelo autor, em Lisboa, no ano de 1929 e reúne 15 *Crónicas d'Angola.* O título que adopta, capaz ainda hoje de suscitar sorrisos tanto de juízo ideológico como de clarividente tolerância ou silencioso comprazimento, é por demais significativo: *Em Terra de Pretos.* Regista impressões, revela exaltações e desenvolve pareceres. Galvão tem nessa altura pouco mais de trinta anos e fala da sua primeira viagem a Angola. Embarca em Lisboa, ao mesmo tempo que trinta perigosos bombistas guardados no porão do navio como degredados políticos, a 15 de Novembro de 1927 e com destino a Moçâmedes. O jovem oficial português segue também nessa condição mas é passageiro de primeira classe. A crónica que se refere à estória d'*O Branco que Odiava as Brancas* está datada de Fevereiro de 1928. Foi escrita em Xangongo, que era então o Forte Roçadas, e refere um caso ocorrido no ano de 1923 à beira do rio Kwango, do lado de Angola mas próximo da fronteira com o que é hoje território da Zâmbia. Um cidadão inglês retirado do mundo, de boas famílias e caçador de elefantes, Perkings de seu nome ou *Sir Perkings* como Galvão entendeu chamar-lhe, abate por essa altura, com arma de fogo, um obscuro Grego, companheiro de profissão com quem partilha o acampamento. Procura depois o posto administrativo mais próximo, a 100 quilómetros de distância, ou a três dias de viagem em carro boer, e apresenta-se à autoridade portuguesa. Quer que se ocupem do cadáver do Grego e disponham da sua digna pessoa. Mas, naquelas lonjuras e tratando-se de um caso a envolver cidadãos estrangeiros que tanto podiam estar do lado de cá como do lado de lá da fronteira, o chefe do posto esquiva-se à ocorrência e só perante a insistência do Inglês acaba por registar os dados que lhe hão-de permitir instaurar os autos. O Inglês, em liberdade, regressa ao seu acampamento. É-lhe recomendado aguardar aí o curso normal e evidentemente demorado dos procedimentos, e, ao longo de vários meses, vai assistindo à decomposição do cadáver da sua vítima até que acabam por aparecer no local, a invocar a posse, enquanto herdeiros, das armas e das pontas de marfim deixadas pelo Grego, um mulato que se diz seu filho e um conde belga, d'Artois, presumível parente, figura que "epilogava no sul de Angola uma vida fértil em escroquerias e ninguém sabia de onde vinha nem para onde ia". Sir Perkings decide então voltar ao posto e pede de novo resolução para os casos. Mas o chefe mais não faz do que mostrar-lhe a cópia do processo que aguarda despacho depois de tê-lo enviado ao poder central e manda-o, ainda desta vez, voltar para casa. É então que, de novo no acampamento, à chegada, o Inglês se mune de uma lata de petróleo, abre a porta do curral dos animais e abate a tiro, um a um, tudo quanto é boi, carneiro ou galinha, depois os cães, rega com petróleo a sua tenda, deita-lhe fogo e, finalmente, vira para si a arma, encosta-lhe o peito e dispara. "Por essa altura" diz Galvão "já o Conde d'Artois tinha abalado espavorido".

Que eu saiba, existe o registo de pelo menos uma versão mais destes mesmos casos. Um médico dos serviços de combate à doença do sono, que andou por aquelas paragens durante a década de quarenta, fala disso em artigos sobre caça publicados a partir de 1950, e durante mais de 15 anos, pela revista *Diana,* em Portugal, depois coleccionados num volume chamado *Manyama — Recordações de um Caçador em Angola.* Luiz Simões, é esse o seu nome, conta que ainda falou nesse tempo com um funcionário administrativo, antigo chefe do posto da Luiana durante os primeiros oito anos após o fim da Primeira Guerra mundial, onde este teria conhecido um Grego e um Inglês, dois dos muitos aventureiros desertores dos exércitos aliados que nessa altura vinham caçar e fazer negócio numa região a que os Ingleses chegaram a chamar "the criminal corner" por ter servido de refúgio a muitos. E que esses dois tinham tido uma morte trágica. O Grego fora assassinado pelo Inglês e este devorado por um jacaré, depois de atirar-se às águas do Kwando, com uma grande pedra atada aos pés.

Na versão do Galvão, a morte do Inglês ocorre com arma de fogo, mas isso pode muito bem corresponder, julgo, a uma opção sua enquanto narrador, mais conforme, talvez, e segundo o seu critério, ao perfil de um aristocrata, tal como a motivação directa do crime, por ele atribuída a uma intempestiva reacção do Inglês a insinuações torpes do Grego acerca da sua aversão a mulheres brancas. Da mesma forma que eu, a deter-me agora nesta estória, haveria de introduzir muita perturbação e muita invenção minhas na versão das coisas. É isso que vai acontecer?... Depende... Tenho que ver primeiro o que estará a passar-se por aqui.

24.12.99

*...só se fosse olhar o céu
as cortinas da chuva
adormecer na brisa do calor
e borbulhar suor
no eco dos trovões...*

Para quem? Ou *a quem?*

4

Resistirias tu e não liquidaria eu qualquer eventual interesse que tivesse sido já capaz de despertar-te para esta estória, se a decisão de ta contar ou não me levasse a deter-me primeiro, e para não perder a embalagem, no que andará a passar-se por aqui, onde não venho há um ano? Arrisco. A minha versão dela, e porque envolve outras estórias, não viria aliás a assumir nunca a forma de um romance ou de uma peça de ficção comum, mas antes a de uma narrativa com princípio e fim neste lugar perdido numa das regiões menos povoadas de Angola, da África e do Mundo. Ia ter que situá-lo, de qualquer forma...

Só se fosse olhar o céu: as cortinas da chuva. Adormecer ao bafo do calor, amolecer nas línguas do suor e borbulhar no eco dos trovões, anotei ontem à tarde, desesperado com um calor que ao fim de tão dilatadas décadas de vida, e recordando até Luanda em março e mesmo trânsitos pelo Dondo e escalas que fiz em Libreville, em Bangui e Karthum, eu afinal não sabia que havia. É dezembro e aqui, um pouco a sudeste do lugar em que estou, é que os apanhados meteorológicos assinalam o ponto mais quente de Angola. Mas já no passado andei por cá na mesma altura do ano e nunca foi nada que se parecesse com isto. Está muito húmido e no normal um tempo assim só deveria vir era lá para o fim do mês de fevereiro. Ontem, durante o dia todo, trovejou demais de um lado e do outro, e anda a rodear, a chuva. Correu pelo Bumbo, apontada a noroeste, saiu do Cahinde e deve ter atingido o Virei até ao Kuroka, a sul, e a Bomba a sudoeste, e até mesmo, talvez, para além dos Paralelos, a damba da Delfina, esse deserto todo. Por aqui ameaçou mais foi a meio da tarde, ao princípio da noite e pela madrugada fora. Agora, ao alvorecer, estamos cercados de azul-cobalto. A ocidente é o céu e a nascente a serra, com bruma na base e recortada na claridade luminosa das nuvens altas que pairam sobre os promontórios do platô da Huíla.

Hoje de manhã, com a terra molhada ainda pela humidade da noite, do ocre luminoso do chão, batido pelo sol, destacavam-se, móveis, as pintas de cor muito vermelha de uns percevejos de veludo, *os filhos-de-deus*, que são sinal de chuva continuada. Porém a noite esteve limpíssima, e acesa por uma lua cheia que manteve nítido o recorte da serra ao longe e cuja luz me atingia filtrada pelo fino algodão da tenda. Este limpo acordar instaura o tempo da estação aqui. Recordo outras, negras, que espreito então nas madrugadas para ver um céu rasgado, só, pelas vias lácteas. Longe de Luanda, Luanda é longe, e é sempe longe, de Luanda aqui.

5

Quando naquela noite me calei e fiquei a espiar, nos rostos virados para mim e suspensos pelo meu discurso, as reacções que o meu desempenho teria sido capaz de suscitar, ao abanar silencioso das cabeças que depois se foram baixando para dirigir de novo o olhar ao fogo manso que ardia, o Paulino, ao seu comum "não vale a pena!!!...", tinha para acrescentar que as coisas são assim, não vale a pena, e um avô seu, falecido já, guardara até morrer meia dúzia de objectos que vinham do tempo em que, jovem ainda, tinha andado a trabalhar para um branco, também lá para *o fim do mundo* (sobre esta designação, que se generalizou e se aplica ainda hoje aos areais savanosos mais distantes do Kwando-Kubango, o médico Luís Simões, que te referi atrás, diz que foi o próprio Galvão o primeiro a utilizá-la). E que, *não vale a pena!!!*, esse branco tinha sido, parece, um Inglês ou um estrangeiro assim também. Os objectos guardados e preservados, um instrumento de música do mesmo tipo, mas coisa de branco, dessas *tyiumba* que os miúdos tocam, uma bíblia e mais uns livros e uns papéis, era a esse sujeito, precisamente, que tinham pertencido. O tal avô, depois de o ter visto matar-se com um tiro no peito, já o pessoal se tinha posto todo em fuga, ficara com as coisas do homem e sem saber o que fazer.

Para mim, e como não, esta era uma nova estória a inaugurar-se. "E esse avô?" "...Ah! esse avô já morreu, mas não faz assim tanto tempo, já foi depois da independência..." "E ele fazia o quê, o avô, no serviço desse branco?" "...Cozinhava, parece, e era o operador do travão, o homem do coice, no serviço do carro boer..." "E essas coisas que ficaram com ele?..." O Paulino, da última vez que passara pela zona, ainda as tinha encontrado na mão do seu tio que rendeu o avô. "E esse, ainda lá está?" "...Podia estar, sim, ele agora é que era o soba, só se a guerra lhe tivesse eliminado..." "E dava para ir lá agora?" "...Fazer o quê?" "...Procurar as coisas, esses papéis, os livros" "...Para trazer?..." "...Sim, se ele aceitasse..." "Você, aceitava ir lá procurar?" "...Se a guerra deixasse, então não ia porquê?..."

Foi esta a conversa que tive com o Paulino enquanto o fogo se extinguia, e então combinei: no fim desta campanha ele iria aos Ganguelas procurar o tio. Eu ia deixar-lhe dinheiro para a viagem, para levar presentes, comida e panos à família. E podia dizer lá que eu não queria as coisas desse remoto branco para ficar com elas, era só para ver, depois devolvia, sendo caso disso. E quando eu voltasse aqui, no ano seguinte, para mais uma campanha de terreno, vinha-lhe encontrar a ele, ao Paulino, com as coisas ou com a resposta que houvesse. "Está ok?..." "Está ok, sim!"

E recolhemos ao suposto descanso, dentro das barracas, eu para não descansar nada, é bem de ver, a ruminar nos casos, e o Paulino, com o chapéu que então tinha, de pano e estreito, com ambas as abas coladas à copa, a resmungar o seu *não vale a pena!*...

O sobressalto imaginativo e a expectativa a que me tinha conduzido a revelação do Paulino, acabaram por fazer com que, daí para a frente e com muita frequência, me surpreendesse a divagar à volta do que me ocorria emprestar à personagem do Inglês. O Galvão, de facto, pouco dizia da sua carreira anterior, no livro vinha apenas que o homem se tinha suicidado em 1923 e que por essa data andava retirado do mundo civilizado havia já para aí uns bons 15 anos... mas eu, mesmo sem querer e bem à revelia do meu feroz programa de trabalho, estava afinal, por minha própria conta e risco, e à custa de alguma insónia, a saber cada vez mais. E hoje, já que nunca mais deixei de me ver ligado à coisa, julgo que sei tudo. E não vou ter descanso, conheço-me, enquanto não reduzir a ideia a objecto, ou a acto. E se eu ensaiasse, então, um golpe de cintura mas à minha maneira e em vez de propor-me escrever *para alguém*, para muitos alguéns, me limitasse, singela e humildemente, a escrever *a alguém*? O que há-de ser preciso para escrever, em primeiro lugar, senão achar que vale a pena porque tem destinatário? E para contar uma estória, que outra única e suficiente razão poderá haver senão vontade de a contar, de contar coisas? Então avante, tenho dez dias à minha frente, fará de conta agora que são e-mails, como foi da outra vez com as cassetes para o Filipe, nos *Pastores*...

25.12.99

A hesitação coloca-se ao nível da experiência. É ela que constitui o mais importante do material, do capital acumulado. Mas ela, a experiência, constitui-se a partir das referências. As do mundo e do tempo anteriores. E é a esse mundo anterior que a ordem das coisas, e da própria experiência, me impõe dar testemunho. Não viesse eu de fora e a experiência seria a da existência comum, não se revelaria como experiência, nem se revelaria sequer, estaria integrada na existência. E, assim, se me sentisse impelido a dar testemunho de alguma experiência, tratar-se-ia daquela que, fora dessa existência, me tivesse sido dado acometer. A experiência, assim, só faz sentido quando referida, à partida e à chegada, ao que lhe é exterior. Sem o antes não poderia ter tido lugar, sem o depois perderia o sentido. E a contradição maior reside no seguinte: tratando-se de uma experiência total, o seu saldo efectivo estaria em dar-lhe continuidade. E ela assim deixaria de o ser, transformar-se-ia em rotina, existência.

coisas que só se revelam
a quem não é do lugar:
porém exigem estar
até sentir com elas
o tempo do lugar
que não se dá a ler
só de as olhar
e nem a quem
faz parte do lugar.
partir de novo então
para captar
da mesma forma e algures
o tempo que a haver
só noutro lugar.

Os papéis do meu pai

6

De Henrique Galvão, nome que a minha geração já antes situava no passado, quanto mais agora a tua, lidei ao longo da minha infância com aquela parte das suas publicações que mais imediatamente se ligavam à paixão maior da sua vida, que era também a do meu pai, a caça. Do lugar que essa paixão terá tido na sua carreira de alto funcionário colonial ligado, sempre de muito perto, à ascensão e à queda do estado-novo português, quer a servi-lo quer a criar-lhe contrariedades, dirão os biógrafos e os historiadores. E tu sabes que não está para longe. Mas quando em 1961 se apossou do Sta. Maria, paramentado com uma boina preta, e andou a vagar com ele pelo Atlântico e a dizer que o ia trazer para Luanda mas depois apontou foi ao Recife, ao ouvir a notícia numa fazenda de café da região do Uíge, mais precisamente do Quitexe, onde então me achava, com 19 anos, a iniciar a minha vida de regente agrícola, mais do que deter-me na simultaneidade entre esse golpe e os ataques nacionalistas às prisões de Luanda, e a sublevação armada no Norte de Angola que me ia liquidando de pronto e afinal acabou mas foi por traçar-me o destino, o que me ocorreu foi que o herói dessa aventura era o autor daqueles quatro ou cinco volumes da *Da Vida e da Morte dos Bichos* e de outros dois, encadernados em imitação de veludo verde, *A Caça no Império Português,* que tamanho lugar terão também ocupado na configuração das minhas vocações. Nunca fui caçador mas mesmo assim. É que a certa altura também apareceram lá por casa, em Moçâmedes, outros livros de Henrique Galvão, o *Kurika* e o *Impala*, a que ele chamou *romances dos bichos do mato*, e sobretudo outros dois, emprestados, um com ilustrações: *Outras Terras, Outras Gentes,* e um romance que se chamava *O Velo d' Oiro.* Será que isto interessa para o que quero contar-te? Interessa sim, e também não hás-de levar a mal que me perca em tais divagações, são elas que me lançam no curso deste novo capítulo. E interessa também porque sem estes antecedentes eu não me teria visto, talvez, a participar activamente na delapidação do espólio escrito de um posto administrativo da província de Benguela, quando aí cheguei em princípios de 76 para filmar um comício, depois da retirada dos Sul--africanos, e vi sair de uma das janelas da secretaria, atirado para a rua pela fúria saneadora da população e junto com segundas vias de ofícios, um livrinho amarelo que fui apanhar e de que assumi a posse mal identifiquei. Era o tal *Em Terra de Pretos,* onde viria a deparar com a estória do Inglês do Kwando. Decorre da conjugação de muitos factores, assim, a circunstância de um dia o Paulino se ter lembrado do avô já falecido quando me ouviu contar essa mesma exacta estória. E a convergência de muitos outros iria verificar-se, daí para a frente, até me achar aqui a relatar-te agora a estória que decorre não apenas dos acontecimentos do Kwando relatados por Galvão mas também do seguimento que teve a circunstância de eu os narrar ali, naquelas pedras. E não te espantes nem penses que é tudo, afinal, invenção minha. Do que inventar dar-te-ei notícia explícita. E também não vou discorrer agora sobre o lugar do acaso, ou do lado oculto do acaso, quando agencia as pontas da vida. De qualquer forma, vais ver, à circunstância do Paulino ter tido um avô ocupado durante parte da juventude a servir um branco de quem, ao longo da vida, tinha guardado uns papéis — e este podia, muito bem, ter sido o Inglês do Galvão — viriam articular-se pelo menos mais duas que, surpreendentemente para mim também, acabariam por conduzir a desfechos bem imprevistos.

7

Quando voltei ao Namibe na campanha seguinte, depois de ter instruído o Paulino e de lhe ter deixado dinheiro para ir, no entretanto e se o evoluir da situação militar lho permitisse, ver se encontrava no Kwando-Kubango o seu tio que herdara os bens pessoais do avô, e saber se entre eles se achava ainda alguma coisa do Inglês atrás de quem ele andara como cozinheiro e operador do travão do carro boer, o Paulino tinha ido lá, de facto, e trouxera, para me entregar, o que restava: uma bíblia impressa no século XIX e o primeiro volume de umas obras completas de Shakespeare. Nem outros papéis nem o violino, esses não existiam já. O violino acabara, e os papéis (e aqui, meu deus, aqui as coisas iam complicar-se porque estava declarada a abertura da imbricação de muita estória), os papéis tinha-os o avô vendido, faz muito tempo, a um outro branco que até, por acaso e por informação do tio, nestas coisas *não vale a pena,* era daqui mesmo, de Moçâmedes. A gente segura-se enquanto pode e já foi ansioso que perguntei ao Paulino:

"E isso aconteceu quando, isso de vender papéis a um branco daqui?" "Assim correcto não posso saber...", respondeu-me o Paulino, "...mas o tio perguntou-me se eu não me lembrava de ter passado um branco por lá numa altura em que eu andava a pastar os cabritos, então eu devia estar assim..." e marcou no ar, com a mão em cunha e um ligeiro avanço do ombro direito, uma altura que o podia situar entre os sete e os nove anos. "Pois é, está bem, camarada, mas você nasceu é quando, afinal?". "1952", respondeu o Paulino sem hesitação e muito firme. Eu não queria admitir, eu juro que o não queria, mas deu-me um arrepio e recolhi a casa, para pensar...

8

Pouco tempo antes de morrer, e não se tratou nada de graves recomendações à hora da morte porque ele morreu com apenas 44 anos e de imprevisto num acidente de viação, na Cela, o meu pai tinha-me dito que, já agora, se estava a ir de vez em quando a Moçâmedes, um dia, tendo tempo para me meter pelo deserto e procurar aí alguém do pessoal da caça que tinha sido o seu, podia perguntar por uns papéis que tinha deixado para trás, na casa da Bomba, à beira do Bero, quando andou por ali a ver escoar-se, atrás de elefantes e rinocerontes, o resto de um dinheiro que ainda tinha trazido de

Portugal, onde por sua vez tinha desbaratado também, atrás de raposas, dizia, e a acompanhar com gente muito mais rica que ele, a quase totalidade de uma ainda assim razoável fortuna herdada do avô materno. Para o meu pai esses papéis já não tinham interesse nenhum, mas havia entre eles uns manuscritos antigos que comprara a um Ganguela no curso de uma das suas viagens, e eu podia ver, já que andava cada vez mais inclinado para esse tipo de coisas, artes e letras e essa ordem de bizarrias, se não havia ali nada que me interessasse.

Durante a vida inteira fui arranjando maneira de continuar a vir a Moçâmedes, e cheguei mesmo a fazer curtas travessias do deserto, mas nunca deu para procurar tal pessoal. Dos papéis, porém, nunca me esqueci. E quando, depois de me ter metido nisto das antropologias decidi, já com a tese feita, insistir até arranjar maneira de apontar decididamente para aqui, garanto que foi também a pensar nisso que esperei anos até conseguir vir fazer estes terrenos. E logo na primeira campanha procurei e encontrei, embora sem qualquer sucesso no que se refere aos papéis, as pessoas que o meu pai me indicara. É coisa que guardo para contar-te à frente.

Mas o raciocínio de agora não podia deixar de pôr-me de facto a estremecer: então o branco que tinha comprado ao avô do Paulino os papéis de um "estrangeiro" que tudo me estimulava a identificar como o Inglês do Galvão, não podia muito bem ter sido o meu finado pai? As datas davam para isso.

Era uma hipótese deslumbrante, delirante, aterradora, sublime, essa de que afinal tinha sido atrás dos papéis do Inglês que o meu pai tinha acabado por colocar-me! Eu estava siderado de emoção, e não era caso para isso?, e saí de casa com a certeza de ir descortinar baleias nos horizontes da Praia Amélia. Vi as baleias, sim, o que é sinal de sorte. Anunciavam o que estava para vir, no imediato e a dar lugar à estória, à nossa estória, enfim.

9

O caso é que, e crê-me, peço-te, senão até nem vale a pena, tudo teria ficado de novo por aí se não estivesse também à minha espera, no Vitivi que é onde estou agora, um recado deixado por um tyimbanda que tinha feito escala aqui dois anos antes em viagem para as profundezas da Muhunda, onde tinha o seu sambo, depois de pernoitar ao meu lado no meu acampamento. Era tyimbanda dos bois, desses que tratam carbúnculos, peripneumonias, caonhas, carraças e doenças que as carraças trazem, e procedem a fumigações e a cortes nas caudas dos animais sãos onde introduzem líquidos que extraem dos pulmões de animais doentes, são vacinas, não é, que não devem nada às descobertas de Pasteur, é uma ciência antiga, de pastores. Preparam beberragens e tratam as águas, oficiam sacrifícios e enterram malefícios no escondido da mata, sabem dos capins maus e de sapos que estoiram os bois, dão liamba aos touros que é para lhes estimular vigores e operam nas vulvas de vacas maninhas. Extraem--lhes aquela coisinha saliente, estás a ver, que quando é desenvolvida de mais as faz andar sempre saídas, assanhadas, sempre a dar ao macho mas sem nunca encher, era um desses mas também sabia tratar pessoas, só tratamentos comuns, como é no hospital, não tinha com ele nenhum desses espíritos que dá para combater feitiços e tratar casos da cabeça e do coração e do sangue das pessoas, espírito assim de antepassado ele tinha só era para tratar os animais. Vinha do norte, do Kamukuio e de mais longe, para lá ainda, e regressava agora a casa com mais de duas dezenas de bois. Era o pagamento, traduzido nessa moeda nossa, daqui, de uma campanha de trabalho como os tyimbandas às vezes fazem em área alheia e os afasta de casa até por mais de dois anos, chegam a andar pela Namíbia. Não falei já disso nos *Pastores*...? Não terei até falado já deste tyimbanda? Pois bem, para pernoitar, quando aqui passou daquela vez, escolheu vir instalar-se à minha beira, não em qualquer outro lugar, nem sequer à beira do fogo onde acabou por deitar-se o ajudante que o acompanhava, mas exactamente ao meu lado, do lado de fora da minha tenda, ao comprido e no sentido em que eu estava. Fui-lhe ouvindo, durante a noite, a respiração e a tosse, e quando o senti levantar-se, de madrugada, levantei-me também e continuámos a não dizer nada um ao outro mas sorriu-me e eu sorri-lhe — e era tão mal encarado, esse meu novo amigo — e depois de ter ido mijar e de se ter composto verteu na sua mão, de uma cabacinha escura, um pouco de manteiga líquida que lambeu e a seguir fez, com a cabeça, um gesto na direcção da minha mão direita. Estendi-lha então, verteu-me nela uma ração de manteiga igual à sua e eu lambi também. E fez-se fresco e quente, ao mesmo tempo, em mim. Ia abalar sem mais e sem se despedir, mas eu detive-o e chamei o Paulino para entregar ao ajudante do homem um generoso punhado de sal. Comércio nosso, segundo e conforme códigos universais e secretos de quem penou muito na vida e anda ainda assim a ver se arranja maneira de lhe dar um jeito. Uma ndua deu conta e piou de um mutiati próximo, na mata.

O recado que agora me aguardava, e ele tinha vindo deixar ali depois de sair lá longe só para perguntar se eu não seria, afinal, o próprio filho do finado J.J., era para eu lhe procurar lá nos confins da Muhunda, onde havia alguma coisa para me entregar mas tinha que ser na minha própria mão.

À procura dos papéis do meu pai

10

Pela Muhunda fora, pois, à procura do tyimbanda e a desejar que isso estivesse ligado ao sobressalto da estória dos papéis. Era um daqueles desvios à rotina do inquérito que nunca entendi como agressão ao programa de trabalho, antes inscrevi no método, deixando que os próprios imprevistos redefinissem rumos que sem dúvida apontariam, de qualquer maneira e sempre, ao que andava a querer saber. Daquela vez na Muhunda, antes de encontrarmos o homem, haveríamos mesmo de pernoitar em plena mata, porque a noite caíra e daí para a frente nada mais faríamos, sem trilho no chão nem pisteiro afeito à zona, do que andar indefinidamente às voltas, em círculo, mesmo a olhar para o céu e a ter em conta o mapa das estrelas, que também viajam. Mas depois de o ter encontrado, e já ao corrente da razão da chamada, a noite que passámos no pátio da casa comercial abandonada, cansados e estendidos cada um para o seu lado por nos termos afastado durante a tarde até um lugar escondido, o Mutumieke, o que falámos já quase no escuro, porque era pouca a lenha para a fogueira, consta de uma gravação que reputo como uma das mais valiosas peças de inquérito a que estes terrenos me deram acesso. E não falámos nada das razões que nos tinham trazido ali, nem no que daí adviria para o que então buscava, mas só de bois, como sempre. É isso que retenho nos cadernos. Na memória íntima que consigna o registo das minhas emoções, porém, o que retenho não contempla essa margem de apreensão de conhecimento mas antes a dilatação dos horizontes da minha própria experiência pessoal. Quem andava por ali, nessa altura, a cavalgar um land-rover pelas pradarias da Muhunda e do Brutuei? Era eu, bem entendido, mas não o mesmo que está agora a contar-te uma estória. A minha corrida atrás de uns papéis, do meu pai mas que podiam ser também os do Inglês da estória do Galvão, gera a acção de que há-de resultar uma segunda estória. Será da minha acção enquanto personagem, assim, que resulta essa outra estória que é, afinal, a da minha elaboração da própria estória do Galvão. Vou ter que *contar-me*, tratar-me, pois, enquanto personagem dessa estória. E essa então será, comigo a actuar lá dentro e a primeira inscrita nela, a tal estória que tenho para contar-te. E quem narra não há-de ter, ele também, que dar-se a contar? Dito assim, dá para entender onde quero chegar? Ou é por demais directo, excessivo, para caber na narração? Mero aprendiz destas coisas, andei há pouco tempo, antes de vir agora, a reler um livrinho que trouxe de Londres em 73 e que uma namorada australiana que lá tive na altura me revelou tratar-se de um livro de texto em cursos de literatura inglesa:

Aspects of the Novel, de E.M. Forster. Pergunta-se ele aí se o autor deve fazer ou não confidências acerca das suas personagens. E conclui pela negativa. Sobre certas situações e condições gerais será diferente, não envolve qualquer perigo, mas adiantá-las à volta das figuras quebra o envolvimento, produz lassidão intelectual e emotiva, não é criativo e desvia o leitor para os próprios enredos pessoais do autor, pode dar facécia... e um autor que exponha e se exponha demasiado acerca do seu próprio método não pode senão, quando muito, revelar-se meramente interessante. Embora!...

11

Quem ia então pelas estepes da Muhunda montado num land-rover?

Os que nunca acreditaram que eu andasse por aqui a fazer só antropologias tinham finalmente razão. Não se tratava de diamantes nem de mercúrio, como chegou a constar, única explicação para me verem desaparecer pelo deserto e voltar de lá mais escuro que mulatos verdadeiros. Numa sociedade, e num país, onde quem não se vê prioritária e completamente mobilizado pelas dinâmicas mais elementares da sobreviência física cada vez mais se converte às das rentabilidades imediatas, do clientelismo parasitário e do saque, ver-me ali a enfrentar o mato, misterioso, perigoso e incómodo, a pretexto de um interesse esotérico por populações "tribais"e excêntricas mas ao mesmo tempo a revelar, antes a denunciar, um bizarro desdém pelos folclores que os serviços oficiais do ministério da cultura extraem das suas periferias, não podia deixar de estimular suspeições. O Paulino, aliás, estou em crer que nunca deixou de ser chamado a dar notícia sobre os percursos que íamos cumprindo. Mas eu demandava zonas que ninguém sabia ao certo o que escondiam porque ninguém lá ia, nem mesmo os administradores locais. Pois bem: eu estava de facto, a partir dessa altura, atrás de um tesouro. Vais ver que a estória do Inglês, em todos os seus detalhes, mesmo aqueles que Galvão não adianta mas saberás por mim, se articula à volta de um tesouro. Foi essa a revelação que me atingiu, a inquirir o B e o Pico, e o Bolande estava também, sobre bois sagrados, naquela noite passada na Muhunda, já depois de ter encontrado o tyimbanda e de saber por que me tinha chamado ali. Os papéis do meu pai, e logo os do Inglês na engenharia da minha imaginação e das conjecturas que destilava, na pista deles eu estava já então, seguramente, e eram um tesouro a procurar. Só não sabia ainda, nessa altura, estar também no encalce de tesouros daqueles que não se procuram, vêm ao teu encontro, hei-de chamar-te também a atenção para isso, e é desta forma que a procura e o achamento de tesouros se constitui como um dos "leit-motifs" do que tenho para contar-te. Parece remeter a climas de Indiana Jones, não é? Também isso me ocorreu na altura e, é claro, sorri. Para além do que, desastrado sou e entendo que o direito ao disparate é um dos direitos fundamentais do homem.

12

A realidade dava corpo à convergência dos acasos e adaptava-se à imaginação que a minha vontade accionava e, ali na Muhunda, na mão de um homem que era vizinho do tyimbanda que me chamara e *ahumbeto* (parente simbólico pela via da circuncisão, da classe de idade) do sobrinho herdeiro de um finado antigo pisteiro do meu pai, o Kankalona, havia papéis desses que o J.J. tinha deixado para trás. O Kankalona eu sabia que tinha falecido há muito tempo já, tal como o Kambwandya — caçador daqueles a quem os patrões entregavam uma arma e exigiam o abate de um número de peças (zebras para salgar-lhes a carne e vendê-la às pescarias de Moçâmedes e de Porto Alexandre, para alimentação do pessoal) igual ao das balas distribuídas de cada vez — porque logo da minha primeira estadia na zona para inquirir, em 92, tinha conseguido encontrar o Kakriolo e o Augusto Kapolopopo, o primeiro já muito velho mas ainda a andar, e o segundo em plena forma, era miúdo no tempo do meu pai e tínhamos brincado muito juntos. O Kankalona (vem citado, assim como o Kakriolo, nessa revista *Diana* de que já te falei atrás a propósito dos artigos do tal médico que sabia coisas do Kwando-Kubango), o Kankalona morrera de doença e o Kambwandya de paixão, desgosto ou despeito, abandonado por uma mulher jovem com quem tinha casado já depois de velho. E dos papéis obtive também alguma informação. Mas tão vaga e desencorajante que a partir daí os tinha quase banido da minha ideia, até ao sobressalto em que agora andava. O Kankalona é que os tinha recolhido mas agora, falecido, só o homem que o "rendera", o seu sobrinho herdeiro, poderia saber deles. E esse homem andava há muitos anos pela Namíbia, tinham-lhe perdido o rasto.

Passada agora meia dúzia de anos o rendeiro do Kankalona, sabia-se, continuava na Namíbia, no Kahoko, perto de Opuho, vivo ainda e a usufruir de grande fama à volta da sua arte de tyimbanda também, o que ali está muito ao alcance de especialistas saídos de Angola, do Puto, que é como os de lá chamam aqui e como nós aqui dizemos de Portugal. Fui levado pelo meu amigo, pelo meu *panga-a--riangue* das madrugadas mudas, à presença do seu ahumbeto. Figura impressionante. Atlético, como é vulgar encontrar homens aqui, e alto, embora não tanto como já cheguei a ver mas mais para os lados do Kavelokamo, esteve o tempo todo a olhar-me de cima e com a postura que tinha, aliada à maneira como usava o lenço posto a comprimir a trunfa que ainda usava embora já poucos a preservassem depois dos mais jovens terem passado a integrar o exército, eu não pude deixar de sorrir para dentro e de imaginar a sua fotografia estampada num daqueles manuais de geografia do meu tempo com uma legenda à maneira de então: *belo exemplar da raça mucubal.* Coisas que ainda hoje, com outro aparato, é certo, aparecem no *National Geographic Magazine* e outros sucedâneos que o mercado oferece e era para aí, outro tesouro, que eu talvez devesse andar virado em vez de insistir em fazer de D.Quixote com o Paulino atrás, a tentar dizer coisas ao governo e à intervenção humanitária, foi assim que eu me perdi a reflectir então. Mas o homem, sempre sem dizer nada e a olhar-me como se eu não merecesse nem sequer o seu desprezo, entrou em casa, um desses cones de terra batida que aos estranhos lembram fornos e são mesmo os abrigos mais adequados contra o frio das noites, e saiu de lá com um canudo, feito em folha de flandres como os que no tempo colonial se usavam à cinta para guardar o papel do imposto. Era o estojo que guardava tudo quanto restava dos papéis do meu pai: um exemplar gasto, sujo, com as folhas enroladas nos cantos, de um número muito antigo das *Selecções do Reader's Digest.*

    Folheei o achado na esperança ainda de encontrar lá dentro algum outro papel, peregrino e solto, onde pudesse deparar com qualquer revelação. Só me aguardava a perplexidade de encontrar a caligrafia miúda e bonita do meu pai (com que há tantos anos não deparava e que arrepio, meu deus), inscrita em balões daqueles que, providos de um acrescento em seta, apontam à boca das personagens de banda desenhada e lhes consignam os diálogos. As figuras de todos aqueles anúncios trocavam entre si a mais desconcertante, e talentosa e humorada — devo reconhecê-lo e tiro o meu chapéu ao finado J.J. — ordem de obscenidades, impropérios e alusões soezes. Siderei. Ainda me detenho hoje a pensar no que me teria acontecido, em relação a mim mesmo e também aos olhos com que haveria de olhá-lo daí para a frente, se em vez de ter descoberto aquilo agora, muito mais velho do que ele era então, me tivesse ocorrido o choque quando ele se ocupava dessa maneira, não teria eu talvez mais de doze anos. São coisas...

"E o resto, não tinha mais?" Tinha sim. Saídos do finado Kankalona para a mão do rendeiro e que este deixara ali antes de ir para a Namíbia, havia mais papéis do meu pai, sim senhor, um molho atado com um fio e todo sujo por fora. E mandado para aqui pelo rendeiro do Kankalona já depois de estar na Namíbia, para guardar junto, havia outro maço de papéis, também. "E então?" Então o mais-velho Luhuna, que foi soba principal deste Município antes do I que lhe rendeu e está agora a ocupar o lugar, soube desses papéis da Namíbia, pelo portador que os tinha trazido, e veio um dia cá buscá-los. "Ele era a autoridade, lhe entregámos. E os papéis do finado J.J.

também foram junto, só ficou isso aqui, ele só falou é que esses brancos são uns porcos." Rendido e humilhado, perguntei ao B se o espólio, agora, não estaria com o I na sede do município. Pouco provável. Essas coisas, havia uma mala inteira (esse mais-velho Luhuna tinha trabalhado muito com os brancos, até chegou a ter uma bandeira portuguesa hasteada à entrada do seu sambo no tempo em que a autoridade colonial andou a ver se dava cabo dos mucubais todos), essas coisas quem "rendeu" foi o filho dele, o Nungunu, mas esse a gente ia se encontrar com ele numa festa que já estava anunciada.

A aventura tem destas coisas. Caso contrário não tinha aventura nenhuma. E nem estórias haveria.

26.12.99

Ao acordar de manhã procuro averiguar daquela sensação, algumas vezes experimentada mas quase sempre só recordação longínqua já, de encontrar satisfação por estar vivo e haver um dia à frente para viver. A memória que tenho disso, ou a imagem que ela projecta, remete-me a Londres: disponibilidade, ausência de culpa, um envolvimento exterior simultaneamente propício e distante que me poupava a confrontos maiores, o tédio, ainda assim, de alguma forma alheio, a certeza de que a intensidade e a densidade dos estímulos e dos recursos garantiriam, de alguma forma, contornos suportáveis à presença no mundo. Aqui, talvez, depois de tantos exílios interiores e de tanta auto-flagelação, estarei mais perto de uma experiência equivalente. O acordar é fácil e acompanha a emergência da luz, os pássaros anunciam o dia com folgada antecedência, nada oprime a perspectiva da movimentação, as hipóteses de trabalho são boas, há um jipe lá fora, tenho todas as razões para acreditar que nenhuma hostilidade me cerca, pelo menos num raio de 130 kms. Quando olhar para fora depararei muito provavelmente com silhuetas *distantes de mulheres que se deslocam alheias, estou no meio de um espaço que me tem servido de referência pela vida fora, em plena vigência de uma hipótese duramente conquistada à força de determinação e vontade. Por isso me coloco mansa e cautelosamente perante mim mesmo e o que me cerca, não tanto, em consciência, para aproveitar, quanto para me entregar e não estragar, impedir, viciar ou destruir.*

Uma imensa fadiga

13

Por essa altura eu já tinha inventado o tal enredo praticamente completo para a minha estória de suicídio e crime, que ia elaborando a partir dos elementos que Galvão tinha introduzido na sua crónica sobre o estranho caso do Inglês "que não suportava mulheres brancas". Para mim o ponto de partida só podia ser esse, naturalmente, mas a exiguidade dos dados disponíveis, mesmo tendo em conta o que a tal respeito dissera também o médico Luiz Simões nos seus artigos de caça, de forma alguma me parecia à altura do potencial dramático da estória. Cenas, situações, encadeamentos e desenlaces, que vinham sobretudo preencher os vazios das versões de que dispunha, passaram então a ocorrer-me com grande frequência e nitidez.

Em 1909 estava a ter lugar um "meeting"de professores das universidades de Londres, de Oxford e de Cambridge, para discutir a terminologia com que aqueles meios académicos queriam ver balizados os fundamentos de uma disciplina, a antropologia social, que ainda mal nascia. Archibald Perkings, é assim que vou passar a chamar ao Perkings da "minha" estória, participou nesse encontro na qualidade de professor associado da London School of Economics, onde leccionava desde que se tinha transferido há cinco anos para Londres, vindo de Liverpool, depois de casar e decidir vir instalar-se aí. Fora a instâncias da mulher que deixara Liverpool onde estudara primeiro, vindo de uma High School de Salisbury, na Rodésia do Norte, e tinha trabalhado depois com Sir James Frazer, em vias então de vir a dar, naquela universidade e em 1908, a primeira aula da primeira cadeira de antropologia social em toda a Grã-Bretanha. Mas já por essa altura Perkings ruminava, e às vezes murmurava, objecções à ortodoxia teimosa do evolucionismo de Tylor e à estreiteza, cada vez mais evidente para os da sua geração, do difusionismo de Frazer. Por isso, quando cedeu ao que depois começou a perceber tratar-se sobretudo de uma ansiedade mundana da sua jovem esposa e decidiu vir ocupar a casa de família que possuía em Londres, não deixou de ter em conta que o seu lugar em Liverpool já estava a tornar-se incómodo, e que dispunha de curriculum favorável e relações suficientes para visar a L.S.E., já então com fama de dispensar um ensino superior ao de Oxford, de Cambridge ou mesmo do University College of London. Assim era na realidade e a prová-lo estava o facto de aí ter logo encontrado o turbulento Radcliff-Brown, então Alfred Reginald Brown, que em breve — 1906 — seria mandado cumprir um período particularmente dilatado, para a época, de trabalho de terreno nas ilhas Andaman. Archibald Perkings poderia talvez ter obtido então, com relativa facilidade desde que se orientasse para as regiões australianas do Pacífico, apoio e créditos para acometer uma aventura semelhante. As figuras e as instituições capazes de estimular e produzir decisões nesse sentido estavam sem dúvida receptivas ao entusiasmo de jovens leões frementes de vigor, erudição e ideias, e Radcliff-Brown partira com a bênção de Rivers, de quem aliás tinha sido o primeiro aluno de antropologia, em Cambridge. Mas Archibald estava nessa altura casado ainda de fresco e a viver uma exaltação apaixonada pela atraente jovem que o matrimónio tornara sua mulher e a quem Londres tanto excitava e predispunha à festa, e isso terá contribuído para encarar com bonomia e digna passividade as reservas que de imediato sentiu quando a África do leste (ou do sudeste) se insinuou como o terreno da sua voluntariosa vocação. As atenções estavam viradas para a Austrália e a África era tida à parte, apesar dos esforços da British Association para o desenvolvimento da ciência na África do Sul.

Mas não deixaria, depois, de assistir com um certo ressentimento, despeito e má consciência, ao regresso de Radcliff-Brown e à brilhante intervenção com que ia inaugurar uma carreira de 10 anos como conferencista da L.S.E. Radcliff-Brown revelara aí, de forma clara e afoita, quanto entretanto decidira aproveitar da teorização de Durkheim e de toda a sociologia francesa, sem ocultar influências, exibindo-as até e adicionando-as à sua provocante devoção pelas ciências naturais e à impertinente simpatia que continuava a manter pelo anarquismo utópico. Enquanto estudante Radcliff-Brown fora muito devotado às ideias de Kropotkin, o que contou para o bom entendimento entre ele e Perkings quando se encontraram pela primeira vez, e ainda agora, que começava a ganhar notoriedade, era conhecido nos meios científicos, onde muitos dos eruditos mais sedimentados não deixavam de olhá-lo com uma desdenhosa suspeição, por "Anarchy Brown". Regressado das ilhas Andaman pleno de confiança em si mesmo, Radcliff-Brown não desdenhava adornar a sua imagem com a aura de uma sólida erudição e de um inatacável rigor científico, condimentados de um humanitarismo de alguma forma romântico e de um brilho de modernidade e abertura que o fascínio de então, e talvez de sempre, dos anglo-saxões pela agilidade e pelo "espírito" do pensamento francês acolhia com alvoroço nos meios londrinos. Mas Radcliff-Brown já estava de facto a abrir horizontes. Estava a dar razão aos que insistiam na necessidade de acumular dados sobre sociedades específicas e dar lugar à ressurgência do empiricismo britânico. Estava a passar-se, com ele, da antropologia puramente histórica à da análise sincrónica, quer dizer, àquilo que em breve viria a ser designado por funcionalismo. Mas estava também a criar-se, caso não fosse ultrapassada a indiferença que iria instalar-se pelos desenvolvimentos históricos e pela mudança, um novo impasse à antropologia. E era isso que Archibald Perkings divisava já.

Nesse encontro de professores em Londres, donde Perkings estava agora a sair ao desembarcar na Strand (*the inner circle train from the City*), Radcliff-Brown fizera de novo uma intervenção brilhante e da discussão geral resultara a afinação terminológica que haveria de vigorar, daí para a frente, nos terrenos de uma disciplina até então a braços e confundida com a vagueza dos seus próprios contornos. Estava finalmente instituída a necessária distância entre a antropologia social e o estudo biológico do homem, e passara a merecer consenso que ao termo etnografia devia corresponder o registo descritivo de sociedades sem escrita e ao de etnologia o tratamento da reconstrução da sua história, enquanto ao estudo comparativo das instituições passava a competir a designação de antropologia social. Mas o debate conduzira também a questões politicamente mais quentes. Haddon, acabado também de chegar, tinha partido para pesquisar sobre os Índios da Columbia Britânica e acabara por ver-se a reprimir dissidências de trabalhadores chineses, chegando mesmo a integrar uma guarda a 66 prisioneiros. Houve na assistência quem apoiasse tal desempenho, era a expressão, ao tempo, da atitude que iria transformar-se numa certa antropologia colonial britânica. Perkings interveio para se insurgir e argumentar que mesmo uma campanha como a que o Royal Anthropological Institute vinha a desenvolver a partir da Fitzroy Square — que invocava para a antropologia de Oxford, Cambridge e Londres uma função de apoio capaz de fornecer aos funcionários da administração colonial algum conhecimento sobre as populações com quem iam lidar — só era defensável desde que ultrapassasse a concepção, sustentada pelos gestores do império, de que um tal saber haveria sobretudo de servir a acções de domínio por parte de quem estava a levar civilização a povos atrasados, e logo assim se obrigava a dispensar-lhes benefícios nem que fosse à força. E já que a expansão da civilização, da cultura e da lógica europeias era de facto imparável, estava no curso das coisas, o conhecimento dos antropólogos deveria aproveitar então à mudança integrada e não à redutora domesticação do indígena. Perkings estava assim, e sabia-o, a fornecer mais lenha para alimentar a fogueira do juízo desfavorável que suscitava no meio. A maioria dos circunstantes, embora aborrecesse a posição de Haddon e dos seus apoiantes, afinava sobretudo pelo diapasão de Frazer. Seria posição do antropólogo, dissera-o este explicitamente na sua lição inaugural de 1908, em Liverpool, jamais se assumir como cavaleiro andante, ou da Cruz Vermelha, evitando envolver-se em cruzadas contra a miséria, a doença e a morte. A sua atenção, munida de um capital de conhecimento iluminado pelo evolucionismo e pela perspectiva difusionista, deveria era assestar-se ao passado. E mesmo Radcliff-Brown, que pugnava já pela atenção às sociedades instaladas no seu presente, estava ainda a ver só nessas mesmas sociedades um mero objecto exposto à observação dos sábios.

Quando, em 1923, Archibald Perkings se veio a suicidar nas lonjuras da margem direita do Kwando, já Radcliff-Brown estava há dois anos em Cape Town a estabelecer a School of African Studies onde montou cursos de "applied anthropology" destinados a administradores das "áreas tribais" e abriu o caminho a eminentes africanistas britânicos como Fortes e Nadel, do International Institut of African Languages and Cultures, Hilda Kuper e Audrey Richards, do East African Institut of Social Research, Gluckman, Colson e Mitchell, entre outros, do Rhodes-Livingstone Institut. O ano anterior a esse, o de 1922, foi retido pela história como o *annus mirabilis* do funcionalismo, com a publicação dos estudos do próprio Radcliff-Brown e de Malinowsky, chegado entretanto da Polónia, com escala de alguns anos em Leipzig, para tornar-se o Conrad das ciências sociais e revolucionar tudo com dois anos bem passados nas ilhas Tronbriand.

O Archibald Perkings que naquele fim de tarde londrino saiu do trem para o tráfego intenso da Strand, não era ainda um homem morto mas era já um homem profundamente abatido e à beira de remeter-se ao silêncio, à austeridade e ao azedume a que haveria de condenar-se até ao resto da vida. À sua volta, "canalizados pelas paredes nuas da escadaria, os homens subiam rapidamente; as costas eram todas iguais — quase como se eles envergassem um uniforme; as caras de indiferença eram diferentes mas sugerindo um parentesco entre si, como as caras de um grupo de irmãos que, por prudência, aversão ou cálculo, quisessem ignorar-se; e os olhos, vivos ou parados; *their eyes gazing up the dusty steps; their eyes brown, black, grey, blue,* tinham todos a mesma expressão, concentrada e ausente, satisfeita e vazia". Saiu dali não para casa mas para a ponte de Waterloo, sobre o Tamisa.

14

A misty rain settled like silvery dust on clothes, on moustaches; wetted the faces, vanished the flagstones, darkened the walls, dripped from umbrellas... Alvan Hervey, na novela do Conrad (*The Return*) onde te estou a situar o meu Archibald Perkings, já deste conta, não vai primeiro a ponte de Waterloo nenhuma, segue directamente para casa, onde o espera o drama que dará lugar à estória que protagoniza. Quando o que te tenho vindo a contar se insinuou na minha divagação daquele ano, a figura do Inglês e as interrogações sucessivas sobre o que poderia tê-lo levado ao Kwando e ao fim a que se iria destinar ali, foi no décor e nas situações dessa estória que passei a colocá-las. Via-o sem esforço, numa tarde londrina, chuvosa assim, a misturar-se com a multidão da Strand no momento exacto que antecedia a decisão de remeter-se ao fim do mundo e de si mesmo. É aí que o situo ainda, não para caracterizá-lo mas para o enquadrar na acção. Mas a cruel, porque demolidora embora complacente, e despeitada sem dúvida mas só cortezmente azeda, ironia com que Conrad constrói o perfil burguês, conformista, formal, snob e calculista de Alvan, não pode caber ao Perkings que eu próprio tenho vindo a trabalhar. Esse é o mundo a que ele cede com o casamento que faz. Perkings teve outra educação e o carácter moldou-se-lhe noutros horizontes, nos de uma Rodésia propícia a que uma família como a sua beneficiasse de toda a sorte de privilégios sem que a uma criança como ele pudesse vir à ideia a necessidade de os conquistar. A *farm* onde, menino, se fizera todos os dias saudavelmente descalço até ouvir uma ama negra a chamá-lo para lhe dar banho e o vestir para o jantar a que a mãe e o pai compareciam cuidados como lordes, era mais a residência de uma família confortavelmente instalada perto dos terrenos que lhe garantiam um tal viver, mineração e comércio de ouro e diamantes, do que uma propriedade igual a tantas outras à volta, de fazendeiros saídos da baixa classe média inglesa. O pai de Archibald era muito rico, ele próprio tivera a noção da dimensão dessa fortuna depois de chegar a Liverpool para licenciar-se, e era nisso que agora pensava enquanto caminhava em direcção à ponte Waterloo, nisso e na condição pública em que o estatuto que daí lhe advinha acabara por colocá-lo. O que no momento o feria mais insuportavelmente não era tanto o cerco que a mundanidade lhe fizera até casá-lo com uma mulher como a sua. Era a atitude em relação a si que uma vez mais detectara por parte do meio académico. Brilhante embora a ponto de se sentir com direito a cobrar respeito aos pares, as posições que assumia acabavam sempre por colidir com o que poderia esperar-se de alguém com o seu estatuto de fortuna e nome. E o olhar que lhe deitavam, em situações de confronto como a que acabava de passar-se, era o que destinariam, surpresos, a um intruso, a um outsider, a um diletante. Irritava-o particularmente, e estava mesmo a ver-se que não podia ser senão assim, a postura empertigada de Radcliff-Brown. Radcliff-Brown não fazia, manifestamente, nenhum esforço para agradar às pessoas. Podiam falar para ele, esperar uma resposta, o seu olhar permanecia fixado na distância, não haveria resposta nenhuma. Homem mais brusco era difícil de encontrar, apesar da sua elegante aparência e do modo como se exibe, à maneira de um excêntrico aristocrata inglês no estrangeiro. As mulheres, a quem aliás exaspera, diz-se, parece que tinham fortes razões para o odiar e a essas não escapavam, segundo o que revelavam, as suas obscuras origens de marçano em Birmingham. Radcliff-Brown deve sentir-se uma espécie de super-homem, e esforça-se, a um ponto que é difícil imaginar, por viver estritamente segundo um plano que a sua razão e a sua vontade traçaram. Acha que em tudo é preciso introduzir estilo e aspira à permanente consciência de cada gesto. Até, consta, para dormir tem regra: nem de costas, nem completamente de lado e como um feto também não. Até a dormir zela pela sua imagem, tinha a seu respeito dito ainda há pouco, num dos intervalos do chá, esse "defroqué" do Watson, que o acompanhou à Austrália e sabe bem como às vezes Radcliff-Brown vem abaixo do seu exigente estatuto e é levado, pelo génio inventivo que tem, a fabricar as estórias que conta. Comporta-se mal dentro do establishment mas faz o seu jogo e não permite que as extravagâncias se insinuem no que ensina, nem no que debita e publica. O trabalho que faz é de uma clareza glacial, com uma força e um poder difíceis de igualar. Mas revela uma distância total em relação aos sujeitos de que se ocupa (diz Watson que entre os Andamaneses se comportou como um autocrata primitivo...) como se não fossem gente de carne e osso, sem essa transferência de simpatias que é condição para um bom trabalho de terreno. Pois é, mas vai, pensava Perkings, enquanto que eu... E esse Watson, que agora deu em romancista e anda para aí com ar de místico... Lembrou-se então do seu violino, em que não tocava fazia já tanto tempo que agora até nem sabia se ainda tocava mesmo... Estava parado no meio da ponte e a reconhecer, na margem direita do Tamisa, os contornos e a luz de um poente chuvoso fixados daquele lado, há mais de 100 anos, numa famosa aguarela de Turner. Sentia-se era tomado por uma imensa fadiga.

15

Seguiu então dali em direcção a casa para ir encontrar lá a mesma exacta carta com que Alvan Hervey depara na novela do Conrad. É da mulher. A dizer que o abandona. Não se põem a Perkings as questões que vão pôr-se a Alvan, mas a traição da mulher vem acrescentar-se à fadiga e ao desencanto a que as questões académicas já o tinham conduzido.
Seria a altura de me alongar sobre o que lhe terá passado então pela cabeça? Não me sinto capaz dos feitos de nenhum Conrad e não me interessa, nesse caso, esforçar-me por isso, nem aspirar a romancista ou ser tido como tal. Sou demasiado orgulhoso para isso e com suficiente mau feitio para poder dizê-lo. Sei apenas que também Archibald, perante a carta da mulher — e segundo a tradução para português das

Histórias Inquietas feita por Carlos Leite — "compreendeu num clarão de luz que não se alcança a felicidade através da moral. Esta revelação foi terrível. Viu que nada do que sabia importava minimamente. Os actos dos homens e das mulheres, o êxito, a humilhação, a dignidade, a derrota — nada disso importava. Não era uma questão de mais ou menos sofrimento, desta alegria, daquela dor. Era uma questão de verdade e de falsidade — era uma questão de vida e de morte". E que "tal como uma paisagem se revela completamente, vasta, intensa, à luz de um relâmpago, também ele pôde ver, neste curto momento, toda a imensidão do sofrimento que uma centelha de pensamento humano pode conter: não pode existir vida sem fé nem amor — fé no coração humano, amor dum ser humano!". Quis gritar mas "não queria ouvir a sua voz — não queria ouvir nenhum som — pois começava a acreditar vagamente, com uma fé que ganhava forma lentamente dentro de si, que a solidão e o silêncio são as maiores felicidades do homem".

E quando entretanto a mulher, que saíra para se entregar a um janota jornalista e meio poeta que andava a fazer uma revista política com dinheiro de Perkings, volta a entrar pela casa dentro para dizer-lhe que foi tudo um equívoco, uma precipitação, também não mantém com ela, é evidente, a querela da estória do Conrad. Não é ele sequer a atirar-lhe à cara "o que pôde ver nesse tipo? um efeminado? queria que me pusesse a escrever versos como ele?

sentar-me a olhar para si durante horas seguidas e a falar-lhe sobre a sua alma?", é ela antes que afirma, justificando-se afinal segundo a sua própria lógica: "o que podia eu esperar dum tipo desses? é um arrivista, se não fosse pelo seu dinheiro não saberia para onde se virar... é um tipo sem classe, sem classe nenhuma...".

E se finalmente abre a boca para a interrogar sobre o que significa aquela carta, quando ela lhe fala em fidelidade a si mesma e honestidade para com ele, o que o nosso Archibald não suporta, de facto, é dar-se conta que a mulher não é, desgraçadamente para o caso, tão desprovida de génio como chegou a pensar. Afinal só por puro calculismo e conveniência não consumou a fuga com o outro. Vê-se assim perante a consciência muito nítida de que a ignorar a afronta — como de resto talvez não lhe custasse assim tanto depois do que o seu pensamento alcançou antes da chegada dela, estava-se nas tintas — estaria a impôr-se a condenação de viver, com ela ao lado, não a solidão e o silêncio redentores, mas na sombra aniquiladora da suspeição, do ódio e do desprezo. E os anos passariam...

Não! Os dias continuariam a passar mas ele iria para longe — muito longe. "Ele era sacudido como se lutasse por se libertar de amarras invisíveis. Estendeu os braços como se estivesse a afastá-la de si e saiu do quarto. A porta fechou-se com um estalido metálico (...) e aquela casa vibrou das fundações ao telhado, mais do que vibraria com a voz do trovão.

Nunca mais regressou."

Guardo uma nota tirada quando andei a reler a *Viagem ao Fim da Noite*, na tradução do Aníbal Fernandes onde o Céline diz: "Para onde ir agora, pergunto, depois de não possuirmos em nós a soma bastante de delírio? A verdade é uma agonia sem fim. A verdade deste mundo é a morte. Precisamos escolher: mentir ou morrer. E eu nunca consegui matar-me". Archibald Perkings, o nosso herói, iria até ao fim.

27.12.99

Parece levantar-se o vento leste e há uma luz magnífica. Estou a tomar o terceiro copo de café, fumo constantemente, sinto os efeitos de uma gripe que começou pelos brônquios e os óculos bifocais, pousados à minha frente enquanto uso os de ver só ao pé, devolvem-me a imagem dupla, e deformada pela curvatura das lentes, de um sujeito de barbas brancas que escreve debruçado sobre um caderno... até quando?

Imodéstia inconfessável: vem-me à ideia aquele pintor japonês, um louco do desenho, que esperava vir a revelar aos setenta anos toda a verdade do universo com um simples traço e admitia poder chegar pelos noventa, mas nunca antes, a exprimir tudo com um ponto apenas.

"Aos que buscam os tesouros do mundo"

16

A presença de um gentleman inglês naquelas paragens, e nas condições em que Galvão o colocava, acabou pois por desencadear o derrame imaginativo que me permitiu associar-lhe a imensa fadiga de Archibald Perkings perante o meio académico em que circulava e o desarranjo conjugal que precipitou a sua saída de Londres. Mas também o abate do Grego, primeiro, e depois o suicídio que Archibald cometera, ocorreriam, na crónica de Galvão, desprovidos de substância capaz de sustentar a dramaticidade das ocorrências. A discussão que Galvão lhes imputa e o abismo entre as personalidades e a educação de Perkings e do Grego dificilmente poderiam, numa narrativa, tornar credível o abate deste. Tão-pouco o alheamento com que a autoridade portuguesa tinha encarado o caso dava cobertura satisfatória ao suícido do Inglês. A figura do barão Belga, que Galvão introduz já depois da morte do Grego, também por outro lado me colocava problemas. E foi a partir daí, julgo, que o curso de tanta insatisfação se apoderou de mim até me impor uma versão nova para a cadeia dos eventos e das causalidades que a pouco e pouco, afinal, assumia os contornos de uma estória muito mais complexa.

O carácter do Grego, enquanto personagem, não me punha hesitações de maior. Galvão dizia tratar-se de um homem grosseiro, conflituoso, destrambelhado e rude e isso adaptava-se ao que ele próprio, numa outra crónica do mesmo livrinho, dizia sobre o juízo que nessa altura recaía sobre caçadores de elefantes perdidos pelos matos: era "um dos muitos cafres brancos que a vida sertaneja de África cria". Querendo ir mais longe sem sair desse registo, eu poderia encontrar abundante material sobre carácteres desse tipo até mesmo nos autores que já referi lá atrás, o Conrad no *Coração das Trevas* e no *Entreposto do Progresso* e o Céline na sua *Viagem*. O residente que Bardamu vai encontrar nos confins da selva africana era mais novo do que convinha ao meu Grego, mas tinha "... um rosto de ângulos muito pronunciados... com um grande nariz largo, estão a ver, e faces abauladas como o costado dos lanchões que batem de encontro ao destino com sussurros de multidão. Aquele homem era um infeliz". Podia servir ao retrato do Grego.

Quanto ao Belga, porém, apresentado por Galvão como um velho de barbas veneráveis e nariz de judeu, dá-lo como interessado, apenas, em apoderar-se das armas e das pontas de marfim que o Grego deixara, a mim não me calhava. Uma figura assim, que eu via a trajar linho branco com laço ao pescoço e capacete colonial, era mal empregado não o fazer sair dos horizontes romanescamente férteis e sugestivos da Angola dos anos 20, tão distantes que não se corre grande risco de trair a cor local (certos autores sabem-no bem), uma Angola entendida já como um manancial de riquezas — umas em curso de aproveitamento e outras, muitas mais e maiores, inscritas numa potencialidade que é hoje ainda praticamente a mesma e de que tanto continua a falar-se — e a braços, já então, com uma administração inadequada, naquele tempo sobretudo tacanha mas ainda assim a dar oportunidade, como a de hoje, a toda a ordem de negócios confusos e gratificantes, quando não fabulosos. Uma Angola, enfim, capaz de dar-se como pano de fundo à aventura maior que então corria, a desse genial falsário, Artur Virgílio Alves Reis, que no seio da finança portuguesa operou uma das maiores burlas da história da finança universal. O Belga, na minha versão da estória, não só sai desse mundo e vem ao Kwando para actuar em conformidade. Está ali na sequência de uma movimentação que tem o seu início numa conversa havida entre ele e esse mesmo *Alves dos Reis*, em Moçâmedes — o seu nome verdadeiro é Alves Reis mas ninguém o menciona sem partícula, usarei assim também — naquela pérgola que existe ainda hoje no meio da Avenida e era no tempo da minha infância o quiosque do sr. Faustino, e em que falam de tesouros. Alves dos Reis pergunta então ao Belga, que também está em Moçâmedes a tratar de negócios, e de negócios que com certeza não podiam deixar de despertar a atenção de Alves dos Reis, se nunca leu o relato da viagem que Serpa Pinto fez de Benguela à contra-costa no fim dos anos 70 do século XIX, onde refere os potentados indígenas que a sul do Zambeze dominam toda a África de então até ao Índico. Uma parte desse território pertencia aos Matebeles, de quem era soberano um terrível Lo-Bengula. Ora consta que mais tarde, depois de Serpa Pinto ter por lá andado, os Ingleses puseram esse Lo-Bengula em fuga. Fugiu com um enorme tesouro e acabou por vir refugiar-se em território que as partilhas do tratado de Berlim colocaram em 1895 sob domínio da administração portuguesa, lá para as profundezas do Kwando.

Da continuação dessa conversa, e das suas consequências, falarei mais à frente e por isso não vou passar assim tão de raspão pela própria estória de Alves dos Reis. Ela situa-nos, por outro lado, plenamente na época que nos interessa, e além disso fascina-me, e é a partilhar que a gente se entende. Posso mesmo tentar talvez referi-la ao lugar que Angola (mãe cativa de uma prole ansiosa mais dada à praça que à casa) e Moçâmedes (tensa pele de boi seca sem sal) ocupam nela e transformá-la numa estória angolana, e essa é outra boa razão, já agora, para ceder à vontade que me dá de divulgá-la embora haja abundante bibliografia sobre o assunto, só que entre nós ninguém sabe e é uma pena.

17

Quando o conde d'Artois encontrou Alves dos Reis em Moçâmedes (onde não é a terra que vem ter ao mar, o mar é que encosta nela), estava este a residir ali com a mulher mais o filho que já tinham na altura e uma preceptora vinda também de Lisboa. Ocupava-se de negócios e comissões ao mesmo tempo que andava a ver se arranjava maneira de arrancar com as actividades de uma empresa mineira constituída por si há apenas um ano, na capital do Império, com a intenção de explorar cobre numa área superior a mais de metade do território da metrópole. Alves dos Reis já antes, em 1917, tinha vivido em Moçâmedes (a das pálpebras dos rios rasgadas na fronte do nada), colocado nos Caminhos de Ferro como chefe de exploração. Em Lisboa, após exibição de um diploma falso que o declarava engenheiro por uma escola politécnica de Oxford, forjado por si e com selo branco e a óleo e a ouro e tudo, tinha-se feito contratar para Angola como chefe da Repartição das Obras Públicas de Luanda. Mas em Moçâmedes (a do hálito do sal, às seis da tarde, em julho), para onde foi transferido a seguir, Alves dos Reis deu-se mal e menos de um ano depois estava a apresentar-se de novo em Luanda. Em boa hora e acertadamente o fez, parece, porque não tardou a ver-se investido nos cargos de Director interino dos Caminhos de Ferro de Angola e de Director e Inspector das Obras Públicas. Decorria o governo de

Filomeno da Câmara e Alves dos Reis passou assim, com 22 anos, a ocupar o cargo técnico mais elevado da função pública em Angola. Mas em 1919, a pretexto de não lhe darem acesso ao quadro permanente, abandona tudo isso e lança-se em negócios. Já tinha talvez visto, descortinado e apreendido o suficiente. Ainda nesse ano regressa a Lisboa para daí accionar os assuntos que deixara em Luanda, e constitui a tal Companhia Mineira do Sul de Angola que o há-de trazer novamente a Moçâmedes (a do meio--dia despovoado e ocluso) e onde se encontra com o Belga, em 1921. Mas em 1923 já Alves dos Reis está novamente em Lisboa, e é então que o chamam, dado o prestígio de que goza nos meios ferroviários, para presidir aos destinos de uma outra empresa, a Companhia do Caminho de Ferro Através da África, conhecida por Ambaca. Da actuação de Alves dos Reis em Angola constava a recuperação miraculosa, logo após a sua chegada, de seis locomotivas dadas como arrumadas e depois, mais tarde, ganha estatuto de herói quando lhe são feitas críticas por ter importado material excessivamente pesado para as pontes de Angola. Reage como convém. Sobe para cima de uma das máquinas, com a mulher e os dois filhos, sem mais ninguém, e condu-la ele mesmo através de uma dessas pontes, perto de Luanda. Como num filme. Em Lisboa agora e à frente da tal Ambaca, a sua carreira assume cada vez mais os contornos que lhe dilataram o destino. Em julho de 24 é preso por ter contraído um empréstimo contra um cheque sem cobertura, coisa ligada à expedição de uma partida de cerveja para Angola (já nesse tempo a cerveja era aqui um grande negócio). Nem três meses chegou a ficar preso. Mas a reflexão que produziu nesse entretanto haveria de projectá--lo às alturas maiores da sua vida. Tinha conhecido, pouco antes, um dandy português irmão do encarregado de negócios de Portugal em Haia, e através dele entrara em contacto com dois águias do negócio internacional, oficial, oficioso, privado e informal. Isso e a leitura de um discurso que o famoso Cunha Leal tinha feito na Câmara de Deputados em 1923, a revelar que a introdução de moeda no mercado financeiro para além dos limites da lei, e "sem dar cavaco" ao Governo, pelo próprio banco emissor português, o Banco de Portugal, era coisa banal, iluminou a imaginação de Alves dos Reis e levou-o a desenvolver a ideia de que, querendo, também ele poderia fazer o mesmo: emitir moeda, fabricar dinheiro. Um ano depois, apenas, já Alves dos Reis estava a voltar a Moçâmedes (a que indiferente atenta e nunca esquece) mas em triunfo agora, transportado do Lubango por um comboio especial que fretou para o efeito e com todas as forças vivas e a população em peso à sua espera. Tinha chegado a Luanda no vapor "Moçambique", mantivera aí conversações com o Governador Geral sobre os investimentos que se propunha realizar em Angola, e de automóvel percorrera depois Angola até ao Lubango, passando pela "Boa Entrada", no Amboim, e pelo

Huambo. Tinha assim atravessado a matriz de um sonho seu, onde já havia lugar para planos que envolviam petróleo, e que há muito lhe inspirava a criação de um banco para accionar os financiamentos de que Angola só estava à espera. Quando chegou em glória àquela Moçâmedes (a rasa) donde se propunha, desde 1918, extrair o ouro que lhe havia de permitir aproveitar "os tesouros que a natureza prodigamente aspergiu por terras de Angola", já esse banco estava criado, era o *Angola e Metrópole*, e Alves dos Reis se encontrava à beira de se tornar accionista maioritário do próprio Banco de Portugal. Tudo isso tinha sido conseguido com verdadeiro dinheiro português fabricado em Londres numa das casas mais reputadas do ramo, a Waterlow & Sons, com sede no n.º 26 da Great Winchester Street, onde hoje são as traseiras do Deutsch Bank (fui lá ver da última vez que passei por Londres), a partir de documentos falsos, todos eles obra do imenso talento de falsário e da apropriadíssima inteligência de que Alves dos Reis se sabia apetrechado. E desse golpe viria a resultar, até Novembro de 1925, a emissão de dinheiro no valor, então, de 290 mil contos, correspondente a 350 milhões em 1995. A precisão desta equivalência fui buscá-la a um trabalho publicado recentemente (1997), por um advogado de Lisboa, Francisco Teixeira da Mota, que anda agora, constou-me, também à volta dos feitos da vida de Henrique Galvão e que, por isso e para agradecer-lhe, não deixarei de tentar ver da próxima vez que passar por aí. Mas há também, que eu saiba, pelo menos mais um artigo das fatais Selecções do Reader's Digest que explica bem o caso Alves dos Reis, e li em tempos um romance americano, editado pela Livros do Brasil, *O Homem de Lisboa*, que aproveita a mesma trama e o que se lhe pode enfeitar à volta. Parece que há ainda outro romance mas nunca o encontrei. Os voluntariosos romancistas da nossa praça deverão ter isso em conta. Só estranho é que Hollywood não tenha nunca, que eu saiba, agarrado em tão fabulosa estória.

Alves dos Reis, depois da sua triunfal visita a Moçâmedes (a que não diz adeus, só viu chegar), embarcou com destino a Luanda e seguiu daí para Lisboa no navio "Adolph Woerman". Não podia prever que a sua obra estava a desmoronar-se tão fulminantemente como ele a tinha erguido. Em Portugal tornara-se inquietantemente evidente que havia dinheiro a mais na praça, e a compra bolímica de acções do Banco de Angola pelo Angola e Metrópole desencadeou alertas. O volume e a natureza das operações desta instituição bancária levou a que no dia 19 de Novembro fosse dada ordem oficial para lhe instaurar um inquérito. E quando a 5 de Dezembro os seus cofres fortes foram vistoriados, o que sobretudo encontraram lá dentro foi uma quantidade fabulosa de maços de notas de 500 escudos absolutamente novas e verdadeiras segundo os peritos do Banco de Portugal. Transportado esse material para o Porto, e confrontado com dinheiro em circulação, ao fim do dia já estavam detectados quatro pares de notas com os mesmos números. Começam a ser feitas prisões, e quando o "Adolph Woerman" entra no estuário do Tejo, a 6 de Dezembro, a polícia vai a bordo e prende Alves dos Reis. Alves dos Reis virá a ser condenado a 20 anos de prisão. Volta, ao longo da instrução do processo, a produzir abundantes falsificações (a falsificação era para ele, parece, uma irresistível pulsão), comete uma tentativa de suicídio e experimenta uma crise mística que acabará por convertê-lo ao cristianismo radical de que as suas *Confissões,* escritas na cadeia, vão dar generoso testemunho. Essas *Confissões,* pormenor importante para a nossa estória, são dedicadas "Aos que buscam os tesouros do mundo" porque, segundo S. Mateus, "onde está o teu tesouro está também o teu coração".

Alves dos Reis sempre manteve, por outro lado, que os seus colaboradores não estavam ao corrente da verdadeira dimensão da burla: não sabiam sequer que andavam a trabalhar com documentos falsos... A sua defesa mobilizou figuras do gabarito de Norton de Matos, e agradeço também a Teixeira da Mota ter trazido à baila no seu trabalho, humanizando-a, a sempre surpreendente figura do poeta Fernando Pessoa, que já em plena efervescência do escândalo pega na pena para oferecer ao *Angola e Metrópole* os seus préstimos de correspondente comercial e a ideia de editar uma agenda em que fossem explorados todos os méritos das operações de Alves dos Reis e nenhum dos defeitos que lhe andavam a imputar.

Alves dos Reis foi devolvido à liberdade em 1945 e retomou ainda alguns negócios. Mas em 1953 volta a ser objecto de um mandato de captura por causa de um negócio de café. Está doente e não chega a ser preso e até nem sequer pode comparecer ao julgamento que o condena a mais quatro anos de prisão maior. Acaba por morrer em junho de 55 sem ter voltado nem a Angola (esfinge sem frente, portentosa e intacta) nem a Moçâmedes (o ponto e a coma de um qualquer destino) e disso se lamentou, amargamente, até à hora da morte.

18

Na versão de Henrique Galvão o Belga só intervém depois da morte do Grego. Na minha ele chega antes e trás consigo um casal de Americanos. De Moçâmedes, onde estivera a aguardar a escala de navio que os trazia da Cidade do Cabo, conduziu-os até ali num Ford T, sem dúvida um dos primeiros a circular na colónia, acompanhado por uma carrinha Fiat para o transporte de bagagens, armas e provisões. O Grego, com quem vinham ter para caçar, tinha ido esperá-los ao Lubango, no seu carro boer, para carregar combustível e lubrificantes e dar-lhes o apoio que viria sem dúvida a ser necessário sobretudo quando tivessem que atravessar alguns rios que ainda levavam água, mulolas e eventualmente alguns desses areais que há no Leste. A Americana é ruiva e tem seguramente mais de 50 anos, mas é miúda de corpo e com a pintura que usa consegue parecer bastante mais nova se não estivermos mesmo em cima dela. O homem ainda não deve ter 40 anos, é volumoso, tem a cara inchada e cor de alcoólatra e uma melena espessa, negra e oleosa cai-lhe sobre os ombros e para a testa quando não a sacode ou empurra para trás com os dedos a servir de pente ao mesmo tempo que entreabre a boca e inclina a cabeça para o lado. Trouxeram abundante abastecimento de whisky, gin e cerveja, começam a consumi-lo pelo fim da manhã e a meio da tarde já dá para ver que o tipo está mais ou menos bêbedo e a mulher assim-assim também mas sempre a recomendar-lhe que beba menos. O Belga fica o tempo todo sentado numa cadeira de lona que trouxe, só bebe cerveja e fuma é muito charuto, enquanto enxota as moscas com um rabo de guelengue ou assesta os binóculos na direcção de algum pássaro que tenha pousado perto. É assim que os vejo e por causa disso andei o ano passado a reler *As neves do Kilimanjaro* e *As Verdes Colinas de África*, do Hemingway.

    Ocorre-me com uma precisão cinematográfica a cena que vai seguir-se. É o cair da tarde e há uma luz doce e aberta que se estende a oeste pela anhara até lá muito longe e anuncia já a noite que está para vir, noite do Leste, vibrátil e imensa, capaz de acolher os uivos todos das vigílias todas de um continente inteiro. O acampamento está instalado numa ligeira vertente que a oriente se introduz pela mata de acácias altas e depois encosta à estreita corrente de água que passa logo em baixo e se vai alargar, mais a sul, numa pequena lagoa donde depois volta a sair o curso da ribeira. Uma barraca de pau-a--pique, onde habita o Grego, está quase encostada à mata. As tendas das visitas foram armadas desse lado e é aí, debaixo de um toldo também de lona, que têm passado os dias. A tenda do Inglês está montada mais em cima, do lado oposto, e entre ela e os telheiros onde se cozinha há um extenso terreiro que abre para o horizonte da anhara. É para aí que está a ser levado agora, por um homem que saiu da cozinha e entrou na tenda do Inglês, um objecto que o Belga e os Americanos, de longe, olham muito atentamente porque talvez lhes custe acreditar que se trata mesmo do que estão a ver: uma estante de música. Há mais pessoas atentas ao movimento do homem que a dispõe no centro do terreiro. O Grego, que também olhou da entrada da sua barraca, faz um gesto de enfado, volta as costas e perde-se no escuro do interior. E há o pessoal, que está ao corrente do que vai passar-se e vem sentar-se à volta, com os cães atrás. É muita gente, pisteiros, carregadores, armeiros, carreiros, aumentou agora com a comitiva das visitas. Há quem chame para o lado do acampamento deles, encostado aos currais dos bois e às mutalas de secar carne, a jusante do curso do vento, e vêm mais, e mais um grupo de Vasekeles, pequenos Kung, quase nus e amarelinhos, que anda sempre por perto por causa das sobras da carne. O Inglês sai da sua tenda com um violino na mão esquerda e o respectivo arco na direita. Uma mestiça muito jovem, moça ainda, com uma saia e uma blusa gastas, vem também do alpendre das cozinhas, descalça, com um caixote e um banquinho, põe o caixote ao lado da estante da música e senta-se no banquinho, a pouca distância. Entala a roda da saia entre as pernas compridas, assenta os cotovelos nos joelhos, apoia a cara nas mãos em concha e fica assim, de frente, a olhar para o Inglês, que entretanto arruma na estante uma folha de papel que o homem do princípio lhe entrega na mão antes de se colocar, por sua vez, ao lado, quase colado às pernas do branco, de cócoras e pronto para dedilhar um kissange que trouxe agora consigo. Vai começar, o concerto.

Intermezzo
(28.12.99)

Como num filme

19

Toca violino. O Inglês toca violino, de tempos a tempos e ao cair da tarde. Repete quase sempre séries infindáveis de frases musicais, vira a pauta, ensaia um trecho à frente, raramente executa uma qualquer apreciável extensão de música. Vivaldi muitas vezes, frase após frase, metade de frase, nota só gritante e depois silêncio. E é coisa para durar horas. O pessoal vem juntar-se à volta, faz semi-círculo, arrisca murmúrios. Mas basta que o Inglês produza uma nota, e ela bem poderá ver-se seguida de um prolongado e expectante silêncio, os murmúrios cessam e refaz-se a escuta. A nota suspensa, o silêncio crepuscular da anhara, os murmúrios ventríloquos da escuta agachada, o desafio ostensivo de uma tampa de panela que o Grego deixa cair, é essa a música.

O fenómeno insinuou-se de forma subtil. O Ganguela, cozinheiro e carreiro do coice, calado sempre, passou a vir agachar-se aos pés do Inglês, quase encostado às pernas altas do branco. Da primeira vez veio com uma caixa de madeira, espécie também de rabeca, aparelhada em peças cortadas à catana. Esperou por uma das pausas, fez o gesto mas deteve-se, deixou passar mais três ou quatro, e imediatamente a seguir à que lhe trouxe a coragem, plangeu um som de sua lavra. Ninguém reagiu. O Grego, à distância, meio de esguelha, voltou a cabeça e imobilizou-se tenso. O Inglês deu dessa vez mais tempo à pausa, trocou a perna em que apoiava o corpo e assim negou encosto ao ombro do Ganguela. E nada se alterou até que deu a sessão por encerrada e o Ganguela se levantou com vivacidade para ir servir-lhe o jantar.

Da vez seguinte o Ganguela arriscou uma tyihumba, instrumento com as cordas agarradas a hastes curvas por cima da caixa. A intervenção foi desta vez mais generosa, dedilhada e contínua, e prometia se o Inglês não tivesse desencaixado o violino da pressão do queixo e alongado os braços quando olhou para baixo, na direcção do nariz do Ganguela, que pestanejou e rematou o acorde. E mais de meia hora ainda ali ficaram os dois, até que o branco lhe passou o violino para a mão e acenou que recolhesse o resto também. E ficou em pé no meio do terreiro, a vê-lo entrar na tenda com a tyihumba, a estante e o violino numa das mãos e o papel na outra, a olhar para a música, a caminhar às cegas, absorto no mistério dos sinais da pauta.

Da terceira vez, finalmente, foi de kissange que o Ganguela se apresentou, um desses kissanges dos mais completos, com caixa grande de cabaça antiga. Tomou a posição habitual, ensaiou o tom já na primeira pausa, verteu no ar o choro das palhetas, prolongou a escorrência, deteve o fluxo com um remate brusco. O Inglês endireitou o corpo, firmou-se com força na perna esquerda para dar melhor apoio ao ombro do Ganguela, fixou-se na pauta e rasgou as horas, crepusculares, mornas ainda, do fim da tarde nos confins do Kwando.

Uma importante alteração ao programa viria a dar-se quando, na estação seguinte, o Inglês passou a vir acompanhar, na sanzala, os solos de kissange do Ganguela, surdina morosa em noites de lua e frias, e nos intervalos de alguns trechos mais sentidos era o lancinante contraponto do stradivarius que vinha dilacerar o peito de tantos homens, de tanta raça e tão sós.

20

A barraca do Inglês é uma enorme lona armada em duas águas para cobrir e proteger uma tenda menor e fechada, mas é debaixo desta lona que ele dorme, nunca montou nem usou a própria tenda. O abrigo é portanto um túnel sem entrada nem fundo, um prisma triangular deitado na horizontal e de topos abertos. A área coberta é extensa e lá dentro caminha-se sobre um tapete de boa qualidade assente num estrado de troncos paralelos que se ergue a um *palmo do chão. O estreito burro de campanha onde o Inglês dorme está colocado sobre um dos lados desse interior e chegado a um dos topos. No lado e no topo opostos está um armário que fechado é um móvel alto, profundo e largo o suficiente para guardar seis espingardas na vertical, apoiadas numa barra de encaixes. A parte da frente articula-se a meio, para fora, e transforma o armeiro em escrivaninha. É aí que o Inglês faz leituras repetidas recorrendo à sua escassa biblioteca, um volume de poesia isabelina, dois de uma edição das obras completas de Shakespeare e uma bíblia. Lê às tardes, quando está no acampamento, e aí é que toma chá quando não há concerto, a olhar para o ocidente da anhara depois de ler ou entre uma leitura e outra.*

Um dos topos da barraca dá para o terreiro da música, o outro para a mata que encosta ao riacho. Em frente de cada um deles, a uns dois metros, arde durante toda a noite um fogo que o Ganguela vem sempre reactivar ao fim da tarde, e depois ao despontar da madrugada, que é a hora em que o Inglês sai da barraca para vir tomar café, no da frente. O Inglês deita-se cedo e adormece, ou vigia, fixado nos reflexos com que os dois fogos animam o interior da barraca.

21

É assim que Archibald se acha naquela noite, meio vestido, só sem a camisa mas calçado ainda, o que não é costume. No habitual dorme nu e nunca se deita senão para dormir. Deixou-se tombar sobre o catre rijo quando se preparava para descalçar as botas. Elevou apenas uma das pernas e deixou-a em repouso alinhada pelo tronco deitado. A outra ficou dobrada, o pé assente no chão. Está imobilizado com as mãos sob a nuca e olha o tecto da tenda. Recebe na face e no peito a agitação fluida que os dois fogos projectam por toda a parte e as superfícies devolvem umas às outras. Arde sem dúvida na febre que lhe invadiu as horas. Tem uma arma a seu lado, com um projéctil na câmara, e essa é a única referência precisa que lhe ocorre, a par da obcessiva imagem da ruiva americana tal como se deu a ver ao longo de todo o dia.

22

A Americana surge enquadrada no triângulo da entrada da tenda que dá para o terreiro. O Inglês não pode saber há quanto tempo ela lá está porque não a vê chegar. Quando desvia os olhos do tecto da barraca em que esteve absorto, dá conta que ela está ali de pé, a fazer parte do quadro, integrada no resto pela ebulição dos efeitos da sombra e da luz. A face anterior do corpo, a própria face, está aureolada pelo brilho da rectaguarda, a massa dos cabelos é uma sarça ardente e dir-se-ia ser ela mesma a fonte da luz que intermitentemente lhe ilumina a depressão das pálpebras, a proeminência das maçãs do rosto e o volume perfeitamente talhado e firme da boca unida. A força da imagem resulta da alternância irregular entre o breve desenho dos contornos e a sua dissolução numa penumbra que apenas os sugere ao ritmo da pulsação do fogo e da sua respiração. A brancura da camisa à contra-luz, as pregas que faz sobre o volume diminuto mas agressivo do peito, e depois a maneira como tudo se preenche até meia altura dos quadris cavados e aí se ilumina o fulvo sinal que coroa as linhas que cerram as coxas, totais e insuportavelmente redondas, presentes e impalpáveis como o vapor rasteiro e denso das manhãs de março que o sol nascente levanta para depois extinguir. Os pés nus da mulher, tão fina e nitidamente definidos cada vez que se iluminam, são um detalhe irremediavelmente líquido e o Inglês vê-se sem defesa imerso num interior primordial que se acende vivo e autónomo na sua própria combustão de mucosa e magmas. Estremece num soluço que lhe dilata o peito, fecha os olhos com força e dá-se vazio à torrente de odores que o vem sufocar.

  Please beat me, oh! please beat me, you bloody dog, oh! please beat me! O Inglês acorda ao sobressalto de um eco da memória para constatar que segura firme, com ambas as mãos e de encontro a si, as ancas esmagadas de uma mulher vergada. Sente-se pulsante dentro de uma carne ampla, quente e alagada, as suas próprias coxas aderem molhadas ao posterior das coxas dela, a percepção de um cheiro adesivo, irrespirável e acre impõe-se-lhe e ao mesmo tempo dá conta que o fogo está extinto, as cores já não dançam, uma penumbra húmida está a sufocá-lo, a mulher geme, arfa, reage ansiosa à sua imobilidade súbita, pede-lhe que lhe bata, chama-lhe cão, gane, ela gane, sufoca-se, soluça, projecta-se para trás vergada pela cintura, soergue o tronco, as garras das mãos vêm reter-lhe as nádegas. Suspenso na sua perplexidade, siderado, hirto, Archibald sente que o corpo lhe vai explodir, rendido. Com um sacão brutal expulsa a mulher de si. E enquanto se derrama e vê tudo muito aceso, um jacto de si mesmo a projectar-se inteiro, traz-lhe a cabeça segura pelos cabelos ao nível do derrame, inunda-a, a face desfeita e aberta, esbofeteia-a com fúria, empurra-a depois com um joelho e o corpo dela vai jazer no chão, enrolado e convulso, os braços esticados e os punhos fechados, entalados pelas coxas. Dobrada sobre si mesma, e possessa, a mulher fixa nele uns olhos desmesuradamente abertos e uiva um orgasmo infindável a que o Inglês assiste já alheio. Nu ainda, e sujo, pega na carabina e da porta da barraca dá dois tiros para o ar. Acorre o Grego quase nu também, Sir Perkings aponta-lhe com o cano da arma o corpo da mulher ainda enrolado mas só estremecente, já, a intervalos breves, e diz-lhe que leve "aquilo" dali para fora, pegue nela e no esterco do marido e os vá despejar longe. O "esterco" do marido está de cuecas brancas do outro lado do descampado, à porta da barraca que ocupou, tem a cabeça apoiada num braço dobrado e com os dedos da mão livre dá um jeito à melena oleosa que lhe cai para a testa. A sua atitude, observa quase a despropósito no meio de todo aquele sobressalto o Inglês de si para si, é a de quem se está nas tintas para seja o que for que se tenha passado e vai de seguida beber o suficiente para aguentar a ressaca e acolher alheio o que está para vir. Enquanto o Grego e o conde d'Artois levantam a mulher nua do chão e a arrastam pelo terreiro perante a estupefacção do pessoal em peso, Sir Perkings diz ao Ganguela para o ir chamar aonde estiver, depois de limpar tudo e quando as visitas já tiverem partido.

23

Archibald terá então doze anos, veste calções compridos, pelos joelhos, calça sólidas botas de meio cano e está sentado no extremo de uma sala profusamente iluminada pela parede inteira envidraçada (é aí que encosta a escrivaninha onde desenha) de uma varanda que acompanha todo o comprimento da peça, aberta para sul e ao nível do chão. Há depois um relvado e a seguir são já extensões da savana. Archibald reproduz, no seu bloco de desenho, a imagem de um serpentário que resplandece à sua frente numa estampa hors-texte de um tratado de aves da ordem dos "não-pássaros". A alguma distância, no meio da sala — mas esta é vasta e o que Archibald entende é quase só um murmúrio entrecortado de risadas breves — a sua mãe está sentada ao lado de uma mulher muito jovem, mas talvez não muito mais que ela própria. O desenho de Archibald é um pretexto para estar ali a olhar para a amiga da mãe. Desde o início da sua *estadia ali, de visita, há umas três semanas, Archibald experimenta a exaltação de uma paixão febril que lhe incandesce as horas, incendeia o sono, inflama o sangue e ateia pelo corpo todo um esvaimento doloroso e raro, triste, fundo e espasmódico que lhe corta o ar e lhe estremece o peito como depois de prolongado choro. Não ouve o que dizem e isso o enche de um ciúme atroz, de uma irremediável contrariedade. O mundo das mulheres é para si, e sê-lo-á daí para a frente até quase ao fim da vida, um domínio de insondável substância, inacessível a qualquer verdadeiro tacto. A mãe borda, Archibald conhece todos os pontos de bordado que a mãe faz e nesse momento ela abre um "à jour" em linho à maneira da Irlanda do Sul. A amiga não faz nada e só conversa, sentada de lado no canapé. Veste calças de montar e botas altas e, perturbação limite, uma camisa imaculadamente branca, aberta no peito, tão vasta para o seu torso frágil que dir-se-ia esvoaçar-lhe à volta. Apenas o peitilho vem aderir-lhe ao corpo, e o peso do tecido revela os seios que quase não tem, à solta por baixo, adivinha-o ele e adivinha-o o pai quando estão à mesa e os olhares de ambos convergem para lá e depois se encontram e Archibald cora e confunde os gestos. O seu cabelo é ruivo, abundante e frizado, preso com um grampo à altura da nuca. Algumas mechas caem-lhe para o rosto. É esse rosto de anjo que derrota Archibald e lhe perturba em extremo as emoções, beata contemplação votada à exaltação da invenção dos seios nus.*

A mãe poisa o bordado, levanta-se, afasta-se um pouco até uma cómoda, abre-lhe a gaveta de cima, procura talvez um novelo de linha, a amiga vira-se para o lado de Archibald, encontra-lhe o olhar, sorri--lhe, Archibald empalidece e esforça-se por manter a postura. É ela que interrompe o enleio para responder à mãe de Archibald que lhe pergunta se já não vai sair, se não foi para isso que se vestiu assim. E ela sai, pouco depois, meio empurrada pela mãe de Archibald. Ele retorna ao desenho enquanto os passos mansos da mãe se aproximam para lhe pousar uma mão nos cabelos: "E tu, porque não vais tu dar também uma volta? Não vais passar o dia todo aqui metido..." Ele fecha o bloco e sai para a varanda.

Donde está pode ver a amiga que se afasta, sabe que ela há-de entrar agora na porta larga que dá acesso às cavalariças. Mas ela volta-se ainda e Archibald, por pudor, oculta-se atrás da coluna a que está apoiado. Vai aguardar daí que ela saia a cavalo. Mas o boy dos cavalos foi mandado ao burgo levantar o correio, Archibald viu-o sair na aranha ainda estavam à mesa do almoço, e ela terá que aparelhar sozinha a égua branca em que monta sempre. Archibald hesita. Poderia ir ajudá-la mas a timidez retém-no. De novo é a mãe que vem dar-lhe um impulso. Entrega-lhe a sua pequena carabina 22 e diz-lhe que vá matar, no mato próximo, uma capota ou uma tua para fazer-lha para o jantar, à maneira que o cozinheiro aprendeu em Tete, vai mandar prepará-la de propósito, para ele.

Não lhe agrada de todo, e nem sabe bem porquê, aquela solicitude da mãe, mas não pode deixar de pôr-se em marcha e o rumo leva-o, obrigatoriamente, ao portão da ala dos cavalos. Espreita, a égua está arreada mas amarrada no pátio, presa pelas rédeas a uma argola da parede. A égua, pronta assim, não deveria estar ali, amarrada e à espera. Mesmo que o boy dos cavalos a tivesse deixado preparada já, a amiga tê-la-ia então montado e saído há muito tempo pela savana fora. A amiga, então?

Chega-se mais à entrada da cavalariça e esforça-se por não ouvir, mas é impossível não reconhecer-lhe o tom da voz nos sons abafados que chegavam do arrumo das selas, à esquerda. Archibald detém-se, tenta fazer meia volta para não enfrentar o inesperado da situação. Gruda-se ao chão mal assoma à porta. Não mais que num instante, porque se impõe um esforço (que mais tarde viria a comparar ao que se faz para acordar de um sonho que não se quer ter) para fugir dali, é atingido pela surpresa e o pelo choque de ver dois corpos brancos semi-nus e unidos, mas unidos da forma como vê fazer aos animais da farm *e não como é, nos livros, com as pessoas, dois corpos convulsos virados ambos não um para o outro mas para o mesmo lado, um deles o do pai, o outro da amiga, e entre os soluços dela a palavra cão* — please beat me, you bloody dog, please beat me — *e o mundo a enrolar-se à volta deles e à sua, e a mola de um horror difícil ainda de medir mas já à dimensão da vida inteira, o dispara dali, arfante, para a luz crua, fulminante, que se alaga para além do pátio.*

Do percurso que fez dali até casa, para onde se encaminhou instintivamente, Archibald guardará apenas a memória dessa luz ofuscante e a memória de uma imponderabilidade dolorosa, sentida ao nível do peito como um rasgão, uma brecha na sua integridade que a partir daí andaria associada a um sentimento de culpa de que jamais se libertaria. A imagem do pai e da amiga envolvidos na sua fusão não era em si mesma o que lhe repugnava mais. O que lhe inspirava um asfixiante horror não era sequer a perturbação introduzida assim na imagem que tinha do pai, era antes a repulsa por sentir que se sujara a si mesmo e ao pai ao assistir àquilo, e era também o fascínio do acto, a excitação que o tomava, sem poder negá-la, o corpo da amiga, a condenação a que se adivinhava votado de jamais poder esquecê-lo, o gozo incómodo que sentia já ao pensar naquilo. Tudo ao mesmo tempo e tão absoluto como o ritmo lento, moroso, arrastado, do percurso infindável que fez até ao acolhimento da sombra da varanda.

Mas a partir daí é tudo muito nítido. Procurou a mãe. Não porque quisesse consolar-se no seu regaço, mas porque na exacerbação que lhe atravessava o espírito uma inaceitável hipótese, um novo horror o vinha confranger. Não a encontra e sai para as traseiras à procura dos criados. Também não vê o boy indiano. Apenas o velho cozinheiro moçambique o olha com um ar surpreso e indeciso. "A Mãe?", pergunta Archibald. "A Mãe está recolhida, mal disposta..." E depois de um instante: "E tu, patrão pequeno, o que andas tu para *aqui a fazer com uma arma na mão? Vai mas é caçar qualquer coisa e não apareças tão cedo, que o teu lugar hoje não é bem aqui debaixo das saias dela."*

Archibald sai de casa a correr. Pára a meio do terreiro e, quando se apercebe que está de novo a encaminhar-se para as cavalariças, flecte e lança-se na direcção oposta. Atira-se contra a porta de rede do cerco das aves e abate, inexoravelmente, uma a uma, todas as capotas, e as galinhas, e os patos, e o casal de pavões, que o ímpeto da sua fúria impede de se lançarem para além da cerca. Depois desaparece. A farm *inteira é mobilizada para o procurar, de noite já, até que o trazem, hirto, mudo e fechado. A mãe manda pôr-lhe à frente um prato de canja de capota e todos assistem à sua recusa em comer.*

Como se ninguém estivesse a entender o que se passa com ele, o pai mantém uma conversa que apenas interrompe de vez em quando para o olhar, suspenso, e obrigar, com isso, a mãe e a amiga a fitarem-no também. Está a falar de um tesouro. Consta agora que o célebre potentado negro Lobengula, depois da derrota que sofreu ao cabo de tanto serviço dado às tropas inglesas, se refugiou em Angola, para lá do Kwando, seguido de mais de 500 carregadores para poder levar consigo um fabuloso tesouro de marfim, pedras e ouro no valor de mais de 500 milhões de libras. Teria subido pelas margens do Luiana até encontrar uma floresta impenetrável onde enterrou o tesouro e se refugiou depois de envenenar todo o séquito. O pai de Archibald talvez até soubesse em que lugar preciso se situava essa impenetrável e agora mal assombrada mata. A amiga parece muito interessada na conversa e continua a fazer perguntas ao pai, mas Archibald olha para os dois, e para a mãe, e para o boy indiano, e faz é um enorme esforço para não vomitar à mesa.

Livro segundo

29.12.99

Ao fim e ao cabo o que mais nos toca, ou o que mais nos interessa, não é o que mais ou melhor diz, mas onde melhor nos vemos. As subtilezas e os feitos do atleta estão ao alcance da percepção do público na razão directa do domínio deste em relação às regras do jogo e às hipóteses de desempenho conjecturáveis. A percepção e o juízo dos desempenhos e superações exige adequação da parte de quem julga. Como é que, alheio ao ténis, alguém pode exaltar-se com a arte de um tenista? Só pelos pontos que marca?

Uma curva pela mão esquerda

24

Visões destas poderiam ter continuado a fluir (e a substituir-se às avalanches de sonhos que me acontecem quando ando a dormir no mato, talvez devido mesmo a uma almofada que uso lá e me veio do Brasil porque o capim que a enche, colhido por ciganos nas colinas da Rondónia, estimula o sono a cores), se a falta de gasoil e de comida para os consumos correntes não me tivesse obrigado a dar um salto ao Namibe para reabastecer-me e a ver-me, assim, devolvido à não menos dramática vida verdadeira.

Levei no carro uma das mulheres do Batupo e a filha do Tyinkipa. Fiz a viagem toda com o retrovisor assestado no peito da menina. E tenho-me detido algumas vezes, desde então, no impacto que poderá ter, para uma menina assim, nessa idade de bolha túrgida que liga a puberdade à capacidade de procriar, uma simples viagem destas. Deu suspiros de espanto quando nas estepes do Pico as gazelas lhe saltaram à frente e apareceu-me, para o regresso, de olhos baixos e encabulada, com uma mão a pressionar, de leve, o pano que lhe tinham preso à volta do peito para circular na cidade. E veio também um hercúleo, galante e alegre companheiro do B. Como a altivez destes jovens adultos degenera de imediato, fora do seu contexto, num desconcerto que cedo se mascara dessa insolência que é, afinal e como quase todas as insolências, a expressão apenas de uma caricatural e até às vezes enternecedora insegurança...

Havia falta de água na cidade, há já vários dias, consequência de um corte geral de energia eléctrica. A gravidade ainda assim trazia alguma aos pontos baixos da rede de distribuição e as ruas estavam caudalosas de corpos molhados. Entornava-se dos grandes baldes e bacias de plástico colorido onde mulheres e crianças a recolhiam e transportavam para casa. Encontrei duas versões para a falta de luz. Face à inoperatividade, comum, com guerra ou sem ela, e uma vez mais repetida, do fornecimento de energia proveniente da barragem da Matala, também não estava a ser possível accionar o gerador eléctrico local: ou era falta de óleo, que nesse caso haveria de chegar por via aérea de Luanda, ou então era mesmo outra vez a maka das facturas entre o fornecedor local desse mesmo óleo, a petrolífera estatal, e o consumidor, o próprio dono do óleo, o Estado. Entretanto parava tudo e as mulheres, era o que dava mais nas vistas, para garantir alguma água em casa tinham que descurar o resto, quer dizer, o pão quotidiano para os filhos, porque isso as desviava da actividade produtiva comum a quase todas, que é a de furar as malhas do comércio, a comprar e a vender de tudo, conforme o capital de que dispõem...

Mandei dar um aperto ao carro e preparava-me, após dois dias, para me reabastecer de mantimentos e gasoil e voltar ao Vitivi, quando cruzei, na rua, com o M, soba do Xingo, e afinal rumei foi para lá, nor-nordeste. O mais-velho tinha vindo também à cidade munir-se de alguma mercadoria para abastecer o pequeno comércio de troca que mantém com os seus súbditos e viu em mim a oportuna hipótese de resolver sem custos o problema de transporte que agora se lhe punha, não podia esperar mais e andava a ver se fretava um *candongueiro*. Normalmente prevejo os rumos com alguma antecedência e nessa altura nem sequer tinha o carro em condições para uma viagem dessas, mas há uns bons dois anos que me mantinha atento à possibilidade de ir reconhecer aquela parte do território kuvale, excêntrica em relação ao meu terreno habitual, na sua companhia ou com a certeza de o encontrar por lá. Ali já não é longe de uma das frentes endémicas de combate da guerra actual e uma viatura conduzida por um branco desconhecido pode suscitar interpelações incómodas até da parte de qualquer civil armado. Com o M ao lado tinha esse problema resolvido e ao mesmo tempo aproveitava a sua condição de bom informante e adequado *objecto* de observação. Falava português, era autoridade tradicional recuperada pelo poder actual, pertencia à elite endógena de uma população com raízes nos vales do litoral e que depois se expandira para aquelas zonas, e eu podia extrair assim, dele ou a partir dele, informações de que precisava para entender os passados e os presentes que andavam a ocupar-me. Fiz as contas, dava margem para ir e vir e rumar de novo ao meu interior a tempo de assistir ainda à festa do filho do finado Luhuna, e de apontar assim, outra vez, às pistas do tesouro que me andava agora a subverter as rotas. E, também para sossegar a consciência, decidi mesmo ir espreitar o que estaria a haver para aqueles lados.

25

Um verdadeiro desastre, e logo a partir do seu início, foi o que tal viagem acabou por revelar-se. Eu andava nessa altura aflito de pneus, tudo nas lonas, na última, e sem dinheiro para calçar o carro. Quando chegámos ao destino respirámos de alívio porque a ter acontecido algum furo mais, no caminho, só poderíamos ter continuado a viagem, para a frente ou para trás se fosse essa a opção, enchendo com capim o espaço que é normalmente ocupado pela câmara de ar, dentro do pneu. Das três rodas de socorro com que tínhamos saído do Namibe, duas entraram imediatamente em função, ainda na estrada de asfalto, e, já na picada que vira à direita e depois são centenas de quilómetros, quando ouvimos o inequívoco estoiro de mais uma câmara de ar, parei surpreendido. A direcção do carro não acusava nada e os pneus em baixo estava tudo em ordem. E foi outra vez mais o Paulino quem depois de tortuoso raciocínio nos sacudiu da profunda ponderação em que todos tínhamos mergulhado à volta do jipe, perante o mistério: tinha havido estoiro, de facto, mas a desgraça era tamanha, e tão rara, que a câmara de ar não rebentara no chão, como a razão de todos levaria a prever. De um rasgão do último pneu de socorro que ia amarrado à grade do tejadilho do carro, com o sol da uma da tarde, inchara um gomo de borracha quente que medrara depois até por fim explodir e legar à história das viagens, das nossas vidas e talvez de todas, o inverosímil mas ainda assim comprovado caso de um pneu estoirado no tecto de um jipe. Coisas da terra num tempo sem tino. Rezámos todos daí para a frente. E chegámos.

Mas passámos todos a manhã do dia seguinte a remendar câmaras de ar com um tubo de cola que eu tinha levado e a improvisar o resto, porque nem ferro de desmonta, também não tínhamos. O Paulino, eu e dois miseráveis deslocados de guerra que também tínhamos trazido porque o M os contratara no Namibe para lhes destinar ali no mato um serviço que nunca me revelou qual era, fomos fazendo força e procurando o jeito. Mas à volta, a determinada altura, o que havia mais era gente a dar ordens e a oferecer sugestões.

O Xingo, que é uma sede de comuna, exibe toda a especificidade dos centros da administração actual nestes interiores desérticos e semi-desérticos. Tem administrador e adjunto e outros funcionários administrativos. Não há um comprimido... não há uma vacina... Mas tem delegado de saúde, de veterinária, e até de educação, e mesmo de cultura também já teve. Nada nos serviços funciona e a disponibilidade do pessoal face ao salário que tem, quando lá lhe chega, é a mais completa para poder zelar pela sua sobrevivência. Vivem aqui como poderiam viver em qualquer outro lugar, ocupam o que resta das casas de alvenaria, fazem umas lavras, colhem placidamente o tomate anão que cresce nas sebes do posto e definem a sua vida, sobrevivem, praticando o pequeno comércio que podem. São pessoas ocidentalizadas e não têm nada a ver com as populações pastoris que circundam o posto e para aí convergem à procura desse pequeno comércio... Tudo na base do expediente, da troca possível, com ou sem talento, com ou sem sucesso e inseridos numa rede de dependências onde cabe tudo, legal e ilegal, moral e imoral, e até modalidades recuperadas dos modelos de reciprocidade e de solidariedade que accionam a economia das populações locais. Tudo à minha volta a ver-nos trabalhar mas achando indigno dispensar ajuda. Cada um instalado na importância do seu estatuto oficial. É muito comum entre nós, nesta arena de tensões, por toda a parte e sobretudo perante estranhos, não arriscar gentilezas para não parecer servil. O comandante da polícia vigiava calçado com umas botas de longas franjas saídas de um fardo qualquer de roupa usada que a ajuda internacional teria feito viajar de Dallas, no Texas, até ali. Tinha vindo indagar, junto do M, quem eu era afinal e espantar-se, com os outros, que alguém chegasse ali, com um carro desses, sem ser para fazer comércio. O quê de mais estranho, na realidade, que ver chegar alguém dotado de todos os meios e recursos sem ser para visar o que todos faziam? Como manter-me respeitável ou pelo menos credível e poupado ao estigma da insensatez?

26

Voltei rápido ao Namibe, para aproveitar os pneus remendados. O M tinha-me largado logo após a chegada, a confirmar a impressão desfavorável que eu já tinha dele. Não podia contar com a sua ajuda para inquirir sobre o presente das populações locais e, acerca dos passados que o envolvessem pessoalmente, já tinha, parecia-me, recolhido o possível em encontros anteriores e na viagem até ali. Os dois dias passados no Xingo tinham-me fornecido, aliás, um panorama bastante sobre o funcionamento destas ilhas administrativas. Afinal não diferia assim tanto daquilo que já estava farto de ver noutros lugares, por essa Angola fora. Regressei dessas fronteiras setentrionais do deserto com a sensação plena de estar lançado num espaço hostil, agitado, e em perigo, exasperado quase, desamparado no cinzento e no frio da cidade, a surpreender rajadas cortantes de desconforto nas esquinas das ruas, a sentir a incidência da desmunição geral, da indigência, da energia toda investida na apropriação vital e na afronta que a pode acompanhar: privar o outro, até, para garantir o essencial à própria vida.

E regressei, talvez, em boa hora, ou no preciso tempo, pelo menos, para que o acaso viesse intervir de novo, determinar o imprevisto curso imediato dos casos e conduzir-nos ao ponto em que agora, precisamente, estamos: eu a contar-te esta estória e o resto da minha vida, quem sabe, a perturbar-se e a partir dali. Três dias só ausente e a cidade inteira estava à minha espera. Cumprido o programa como tinha previsto, com mais tempo estacionado lá para cima, haveria então de ter chegado tarde, e foi nisso que pensei, penosamente, a lamentar não ter, ao fim e ao cabo, sido assim, quando a primeira novidade que me deram foi a de que o meu primo Kaluter, dez anos meu mais velho e natural dali, homem do mato como não teve outro na sua geração, herói da minha infância, o meu primo Kaluter tinha chegado de Portugal, onde se tinha instalado após ter fugido para a África do Sul e aí ter vivido algum tempo. Antes da maioridade já ganhava a vida a caçar elefantes e mais tarde exibia nas pernas, que os calções mostravam, as cicatizes do ataque de um leão a que sobrevivera apesar de ter estado em coma não sei durante quanto tempo, no hospital do Lubango. Encontrava-se agora cá, era hóspede do velho E, padeiro, que ao longo dos últimos vinte e tal anos tinha teimado em fabricar, heroicamente às vezes, o pão que a revolução, afinal, nunca pode dispensar. Andava, acompanhado por uma sobrinha e por uma menina que era, parece, doutora, a mostrar-lhes a costa e a ver se eu chegava para lhe arranjar, junto das instâncias governamentais com quem me presumia bem relaccionado, um salvo-conduto que lhes permitisse irem dormir dentro do parque nacional do Yona. Não pude furtar-me nem ao encontro nem a achar provimento para o pedido que me fazia e nem sequer consegui deixar de acompanhá-los. Há muitos anos que eu não via em Angola qualquer tipo de parente e o meu primo Kaluter impôs-me sem qualquer cerimónia o seu estatuto geracional. A minha obrigação era ir com ele, ou queria que me pedisse de joelhos? Assim, tendo isso em conta e porque o tempo que não passara no Xingo ainda me dava uma folga antes de ter que voltar ao Vitivi para a partir dali poder estar presente na tal festa do filho do finado Luhuna, onde haveria de continuar a minha indagação acerca dos papéis do Inglês e do meu pai, alinhei, com eles, em mais esta imprevista viagem. Não sem ter posto, com firmeza, uma condição absoluta: que não caçassem dentro do Parque.

O Grego é que podia ter morrido assim

27

Parti para aquela viagem com uma sensação nítida: a de que o destino me estava a preparar alguma coisa, que tudo fazia um inquietante sentido, com a percepção de estar a atravessar um daqueles períodos ou momentos cruciais em que as circunstâncias determinam uma convergência de factores, referências, esclarecimentos. O sujeito, neste caso, posto em confronto com as inter-relações que iriam colocar-se entre as suas próprias opções, irrevogáveis, e o passado (a que a súbita aparição daquele parente o remetia), tudo aferido ao desconcerto de um presente sem defesa nem explicação sustentável. O meu primo Kaluter fazia parte daquela avalanche dos que, tendo deixado Angola com a independência, para habitar sobretudo Portugal e a Namíbia, vinham agora depois das eleições, e mesmo com a guerra de novo a ferver, avaliar como é que as coisas estavam a correr cá pela terra. O fantasma do comunismo estava ultrapassado, havia lugar para a iniciativa privada, as alianças com a burguesia nacional, que emergira desde que tinham partido e ocupava agora um lugar incontornável nos corredores do mercado, constava como coisa fácil e propícia. A corrupção imperava e isso e a própria guerra, mais o desconcerto institucional, favoreciam muito negócio, muito expediente.

Passou parte do caminho a afirmar-me que tinha vindo apenas rever paisagens, bichos, lugares, mostrar tudo à sobrinha, nascida aqui mas levada para Portugal em criança, e se possível deixá-la dar uns tiros. E ia-me revelando a que ponto conhecia cada pedra daqueles caminhos. De cada morro, de cada garganta, de cada damba, subida, ele dizia-me o nome, toponímia perdida, quem mais vai lembrar-se dos nomes das curvas? Muitas destas picadas tinha sido ele que as abrira, e coetâneos seus, e a geração de antes, rotas de caça e lugares que eles mesmos nomearam. Tudo por aqui assim chegado ao extremo sul não tem nem nunca teve gente, é um espaço aberto à fauna e à evasão, a ondulação apenas, suave mas infinda, poderosa, magna, de uma distância imensa e branca rasgada a pinceladas, neve ou geada para quem, cativo das viagens, já tenha visto e assim não vê, compara. De perto são calcários fragmentados, escóreas de mármore, cama de arestas e capim tenaz. E eu vinha aproveitando para pensar, placidamente, que há dois desertos, pelo menos, dois matos para nós, que vivemos a paixão de um espaço assim. Dois universos e entre eles um abismo. Eu andava por este sudoeste à procura de pessoas, a tratar com elas, a tentar entendê-las nas suas razões, como inserem o que de facto fazem e o que pensam na desconcertante cena nacional que é a nossa. Por detrás desta diligência havia também, sem dúvida, a paixão do deserto, e disso constava igualmente, e muito, aproveitar estes desvios para ver as gazelas, e exultar quando as encontrava pelo caminho, e parar o tempo que fosse preciso enquanto se mantinham ao alcance da minha exaltação, da emoção que me circula ao vê-las. Mas não lhes chamava "caça", de facto. Ainda assim eis-me agora servindo quase de guia a alguém que conhece esta geografia muito melhor do que eu, apenas porque lhe arranjei um salvo-conduto para dormir dentro de um parque onde figuras do poder vêm caçar e mandam caçar de helicóptero, para comercializar a carne, consta. É muita contradição, a confusão é muita.

Mas o meu primo Kaluter estava também empenhado em aproveitar a ocasião para corrigir o juízo que eu pudesse nutrir a seu respeito e a partir do que constava sobre o seu desempenho durante a fuga que fez para a Namíbia primeiro, ainda então Sudoeste Africano, e a seguir para a África do Sul, e já antes, nas agitações que em Moçâmedes tinham precedido a independência e ilustrado o pavor que entre a maioria da população branca suscitava a possível tomada do poder pelo movimento nacionalista mais à esquerda. E desfiou-me a sua versão dos factos como se o fizesse a um estranho ou a alguém que não tivesse passado pelas mesmas coisas, mas do outro lado. E acabou, evidentemente, foi por dizer-me que ele, como outros, estava já nessa altura era a ver perfeitamente no que isto tudo ia dar e, muito abnegada e esclarecidamente, a tentar evitá-lo. Aí eu estava, uma vez mais, a ver-me confrontado com a evidência de que, para os que tinham ido embora e voltavam agora, e até de alguma forma para nós mesmos, que tinhamos ficado, o nosso empenho falhara. E aqui, embora a cor da pele tivesse contado para as opções e para o percurso de cada um (quem poderá ser tão cínico que venha negá-lo?), não se tratava disso mas de quem, integrado e coberto pelo regime colonial, querendo ou não querendo aproveitar a circunstância, reconhecê-la ou mesmo admiti-la, fazendo-se prender até para poder desmenti-la, se implicara no ímpeto da independência porque era preciso instaurá-la primeiro para poder a partir daí encarar qualquer projecto decente até do ponto de vista de uma qualquer reabilitação de dignidade pessoal... O país agora está partido, a situação geral é um perfeito escândalo, a determinação que nos mobilizava, e justificava, não resultou de maneira nenhuma, pelo menos no imediato e ao alcance das nossas hipóteses de vida, as "diferenças" não se verificaram no sentido que perseguíamos, nem segundo a ideologia do "toca a dividir" que por pudor calávamos ou por oportunismo apregoávamos, já que dela, na prática, nunca vigorou senão uma caricatura institucional e burocrática, nem segundo um programa aferido ao país que afinal haveria de ser o que fizéssemos dele... Aquilo que gostaríamos de nos ver creditado, a atestar a "diferença" que já seria então a nossa, não existe de facto e não nos justifica ou confirma, portanto. Colocada a questão entre brancos, e era isso que estava a acontecer agora entre mim e o meu primo Kaluter, eu nem sequer cá tinha nascido e a minha "angolanidade" estava assim sujeita a ser posta também em causa até pelos que, nascidos cá, de facto, tinham andado vinte anos por fora a cuspir-nos em cima, e em cima de Angola, para vir agora atirar-nos à cara a responsabilidade do desastre, enquanto diante dos dirigentes só faltava rastejarem para depois, viradas as costas, se rirem entre si à sucapa como vi por mais de uma vez na Namíbia. É então que, sem nunca ter pedido desculpa a ninguém por ser branco, eu viro muito preto por dentro. E ainda por cima, rematou o meu primo Kaluter, "tudo, preto que aprendeu a estar à mesa e branco que ficou, e que voltou, está tudo rico, enquanto tu..."

Por um dos nossos companheiros de viagem, seu companheiro de infância e detentor, hoje, de toda a rede de transportes colectivos a funcionar na província, o meu primo Kaluter já sabia, estava a ver-se, que eu não valia mesmo nada se aferido nos termos da prosperidade, do poder, da influência que definem por inteiro a afirmação pessoal e os estatutos em Angola. Ele sabia que eu me achava frequentemente em sérios apuros mesmo só para poder levar a cabo a modesta tarefa em que andava investido. E o facto de me dizer professor universitário só confirmava que em Angola a universidade também não valia nada, caso contrário alguma coisa havia eu próprio de valer. Na verdade, pensava eu, se meses antes um antigo colega meu, regressado também "para ver como era", não me tinha ocultado o seu desconcerto por não me ver a mim, e a outros, "tão cafrealizados" como o induzira a crer um texto parido por um peregrino "retornado" em professor e crítico literário que há muitos anos insiste numa teoria desse género para explicar-se a existência de escritores brancos em Angola, o que o meu primo Kaluter não perdoava, aquilo que o ofendia, era ver-me pobre e a viver e a mover-me à custa de bolsas, de subsídios, de apoios, de "esmolas". E insistia. O meu primo insistia em perguntar-me como é que eu me mantinha assim aos tombos, vagabundo, sem família, se das três mulheres que me tinha sabido nenhuma me servira e, já agora, como me alimentava no mato, se não caçava sequer, e não tinha assim vergonha, primo dele e filho do meu pai, de andar por aí a comer peixe seco, feito um Mukuísso...

28

Quem estranhará se disser que a viagem se me estava a tornar difícil? E no entanto não reagia, e aí há-de estranhar quem sabe do meu feitio. Mas é que a bem dizer eu vinha noutra. Ele era meu mais--velho e quando o olhava era para ver nos seus traços os do meu pai, e do pai dele, todos de boca estreita e semblante assaz austero e marcado, de monhé, sei-o agora, sabê-lo-ia ele? A dada altura deixei mesmo de ouvir o que dizia e fiquei foi a pensar nesse meu avô, pai do meu pai e irmão do pai dele, em cuja recordação muito me tinha detido dias antes, a deslizar a 120 pela Damba da Delfina, e a quem vi velho, recatado e composto, zeloso de uma dignidade que se adjectivava em discrição burguesa e a lidar com uma angina de peito, protegido pela sua disciplina de coronel do exército português na reserva e pela sua disfarçadamente ostensiva austeridade, refúgio de medíocre e pobre, afinal, e fraco. Vendo-me hoje como o meu primo Kaluter me estava a ver, também o meu avô não poderia certamente pensar de mim senão como os *Émanglons* do Henri Michaux pensam do celibatário, entendido por *celibatário*, aqui, aquele que sobrevive, apesar de "política e socialmente incorrecto", à margem da integração formal e logo assim do controle que a rede e as estratégias dos compromissos pressupõem e conseguem impor a todos. Ou então não era eu que vinha ali, era o sujeito da minha própria ficção. Para quem, no meio de alguma paranóia e indisfarçável esquizofrenia (cada um de nós, aqui, ao fim destes anos todos de perplexidade constante, transporta para onde vai as marcas do exercício pessoal da sua sobrevivência) entre a renúncia e a denúncia, só teria para contrapor a expressão da sua própria experiência e ainda assim, enquanto não desistisse de uma qualquer hipótese de Angola, a expor evidências mais do que a assestar acusações. E para isso o meu primo Kaluter não era o destinatário ideal. Nem era ocasião para aquele que ia ali no meu lugar se pôr agora a *balir feito pacaça ferida*, como diria o outro. Que se sentisse responsável, sim, mas quase só talvez por ter acreditado, e tentado fazer crer, que alguma coisa de melhor, ao longo destes anos todos, não poderia deixar de estar sempre para vir, tão repugnantes e insustentáveis eram as situações anteriores. Culpado não... Talvez esta distância agora declarada em relação à culpa fosse finalmente um dado novo, alguma mudança que abrisse outro percurso... mais sereno, e até cordato, quem sabe, conquistado o merecido desengano, na posse, agora, de uma desilusão geral que permitisse enfim pactuar com as ilusões tão necessárias à vida... Como se estivesse finalmente à beira de saber o que tinha para dizer (porque nunca se sabe o que se tem exactamente para dizer, não é?) a propósito de tudo, desse sempre para falar, tendesse para isso, confirmasse, explicitasse. Não haveria por certo de corresponder a qualquer resposta, explicação, proposta ou programa, mas seguramente a uma interrogação, a um explodir de dúvidas, a uma fundação da dúvida, do mistério, e tudo talvez, muito prosaicamente, a exprimir em poesia. E não seria pois a agressão do meu primo Kaluter que, evidentemente, o poderia afectar sobremedida, mas a consciência de que ela havia de corresponder à expressão de um senso comum, de um sentimento mais geral sem cor nem latitude. Porque de facto o meu primo Kaluter, mesmo branco de fora, fugido e a justificar-se com um discurso já odioso então quanto mais agora, estava afinal mais próximo dos que sendo embora "brancos" ficaram, e não o sendo, dominam. Esses, a quem aliás quando não ofendia pelo menos incomodava, se o convidavam para participar nos seus desafogados convívios — porque afinal havia passados comuns e amizades que nada conseguia destruir — era quase sempre para lhe estimular o espírito e induzi-lo a ter graça, maneira afinal tão simples de o integrar e neutralizar com tolerância, magnanimidade e a rir. Se antes nada ajudava a fazê-lo crer como um nacionalista de facto, depois não teria sido suficientemente marxista-leninista e nem agora democrata bastante ou afim ao programa de contra-poder de uma oposição jornalística e urbana, que se fundamenta mais é no despeito e no oportunismo. E os democratas de hoje foram os marxistas de ontem e uma coisa era coexistir com a farsa, para não exilar-se, para não fugir (de quê, antes não era farsa também? e não é a farsa que te aguarda, aonde quer que vás?) e logo agir, e sem remédio, inserido nela, e outra, acreditaria ele, produzi-la e aproveitá-la. Qualquer coisa assim. O que lhe restava então, o que *lhe restaria* então? Vale uma citaçãozinha antes de avançar com o que os *Émanglons* dizem dos celibatários? Esta é do Marquês de Sade, em *Faxelange ou les torts de l'ambition* e reza assim: "*Tout n'est qu'habitude, madame, il n'est rien à quoi l'on ne se fasse; les dames romaines n'aimaient-elles pas à voir tomber les gladiateurs à leurs pieds, ne portaient-elles pas la férocité jusqu'à vouloir qu'ils n'y mourussent que dans d'élégantes attitudes?*"

29

"*Les Émanglons ne tolèrent pas les célibataires. Pas deux semaines, ils ne vous laisseront seul. Non, il faut que vous vous décidiez tout de suite à prendre femme. 'Car, disent-ils, un célibataire, il faut toujours s'en méfier. Un jour, il tuera, violera une fillette, à qui cela fera grand mal, voudra fonder une nouvelle*

religion, deviendra excessivement honnête et logique, et il n'y aura plus aucun plaisir a vivre avec lui". Les voisins se sentent gênés, hésitent à prendre avec leurs femmes les positions les plus naturelles. Enfin, ça devient intenable. Donc, ils sortent à trois ou quatre, guettent l'homme chaste et l'abattent froidement et peut-être même haineusement.
Car les hommes atteints dans leur virilité sont volontiers pris de frénésie.
Dès qu'ils voient de ces mines tendues, et enflammées, de ces regards portés à l'intransigeance, ils les surveillent."

30

O que estava a apoderar-se do branco desvalido que estava a ir ali no meu lugar era uma imensa fadiga, mais grave que a de Archibald Perkings em Londres. Mas o destino, perante o transe que eu estava a viver, quis então dar-me uma mão, e apareceu na picada um trilho estreito a serpentear por ali fora, umas vezes num, outras vezes no outro dos sulcos abertos pelos rodados dos carros, marca muito nítida na areia branca alisada pelo tempo e pelo vento, cama propícia à impressão do rasto. Na minha ignorância de rastos, confirmada ali pela presença de quem era grande especialista nisso, arrisquei: "é uma cobra!..." Ao que o primo respondeu: "e tu achas que cobra segue assim pela picada, é para não se

perder?" E um outro acrescentou: "é motorizada"...
Motorizada sim, tinha que ser, mas só se ia à mão.
Motorizada vai a direito, na velocidade dela, não anda assim de um lado para o outro, assim anda só se for devagar... a não ser que... claro, vai à mão, avariou, pois é... Motorizada ali já era de estranhar. Mas sim, podia ser. Alguém que, vindo do Tombwa, de Porto Alexandre, demandasse a Onkokwa, por exemplo... agora se avariou... "então voltava para trás. Água aqui só na Pediva, faltam mais de sessenta quilómetros, a Onkokwa está a mais de duzentos". Fomos, fomos, fomos, a tarde caía, apareceu um vulto. Tantas as hipóteses, hipóteses mesmo para durar quilómetros, ninguém previra, nem podia, o insólito assim paramentado: um ciclista, branco, vestido a rigor, metido nuns desses calções que apertam as coxas, capacete e tudo e t-shirt às riscas, encostou à berma, limpou o suor, sacudiu o pó, saudou-nos, a rir... Em que língua? russo! russo, croata, qualquer coisa assim! Porquê ali? Dava a volta ao mundo, só podia ser. Pediu-nos água, pão, confirmação do rumo. A Pediva, era longe? Longe não era, mas não dava já para ir dormir lá. E onça, ali, tinha? Ter, tinha, certamente, mas onça também não ataca assim. Então dormia ali... Pouco ficámos a saber do homem: o seu inglês era mais escasso que o nosso e a bem dizer só falámos com os gestos de dar, saudar, encorajar. A bagagem que tinha era um saco da água suspenso do quadro do seu sólido aparelho e uma mínima mochila onde cabia o quê? bolacha de água e sal e

carne seca? Só, talvez. Nada para ler e onde escrevia? Escreveria?... Em qualquer sítio li que aventura, a sério, é só depois de contada. Foi nisso que me detive na duração da viagem. Pensava, e sabia que ainda havia de escrever sobre isso, que embora haja uma espécie, ou várias espécies, de viagens, de experiências, mesmo daquelas que só se podem conceber e realizar é a sós e por vezes até só por razões pragmáticas, o que se vive assim acabará ali se não houver maneira de o partilhar com outrem. Ouvimos falar de sábios, é verdade, que dispensam narrar o que viveram. Serão sábios. Partilham logo ali, no próprio acto de viver, tudo o que vivem... A quem iria aquele homem contar o que viveu, nalgum serão, ao fogo, num celeiro de herdade, numa estepe da Hungria?... Ou nem isso? Quem se descobre tão despedido de tudo e de todos que se projecte a pedalar sozinho em espiral pelo mundo? O que o compensa e lhe garante o gosto, ou a glória? O próprio acto disfrutado assim, de si para si? E então, quando me vi de jeito tão dramático a sublinhar o equívoco de certas viagens, fez-se-me luz e disse: se eu não entendo, embora queira, as razões do ciclista, que é meu irmão no desconcerto e na inconsequência, como exigir que um primo retornado entenda as minhas, se o não quer fazer? E julguei que o assunto, em definitivo, estava encerrado ali. Mas não estava não...

31

Chegámos à Pedra do Tambor, onde pernoitaríamos antes de atravessar o Kuroka e entrar no parque na manhã seguinte, já a noite vinha vindo. Com ela a aragem fria de uma brisa rasteira. É aquela hora que arrepanha a alma e é sempre breve, mas bastante, assim. É a hora que estrangula a digestão das horas, o programa das rotas, a ordem das tarefas, o compromisso, a lei. A incidência derradeira daquela luz directa recolhi-a de costas para o poente, a ver estender-se a sombra da pedra a que encostava, a da margem de espinheiras que acompanhava o curso de um declive que de outra forma não se anunciava, o reflexo, àquela hora, do ocre dessas ilhas, cónicos *puzzles* de blocos de granito, acumulados juntos e a formar alturas, a emergir do mar dos pastos, vastos, vastos, do lençol do chão, e a púrpura difusa de uma curva da escarpa, muito mais ao longe, a leste, altitude de platôs, matriz de migrações. E vinha também a lua. É disto que se faz a emoção. Conjugação de dados, ou de acasos, não dá para inventar, só crê quem não foge nem pode furtar-se ao que este mundo forja para convertê-lo a quê, aos ventos da vontade, e qual, a sua, a alheia? A lua vinha e cheia e iluminou-se a anhara no bafo aceso das paisagens chãs, na vertigem do tempo, no sopro da galáxia, no hálito da terra.

    Foi só depois que entrei na enorme gruta que uma imponente pedra, inselberg fendido, faz ali e pode dar abrigo a um grupo inteiro. Serviu de acampamento, no tempo antigo, a um safari do finado Turra. Meu primo e a comitiva já lá estavam. Tinham comido já o peixe frito de escabeche e a carne assada do farnel, e deixado a meio, parece, uma insípida partida de sueca em que ninguém investiu a mínima convicção, todos atingidos, cientes disso ou não, por uma subversiva e derreante vacuidade de alma. Então o Kaluter, meu primo, voltou à carga. Porque para além de não caçar e andar a dormir nas pedras e a comer peixe seco, eu ainda por cima, pecado muito maior, até sem arma andava. Achei já chega, no limiar do ajuste. E chamei pelo Paulino, a quem mandei trazer a bolsa de afivelar à cinta. O Paulino veio e eu disse para abrir. Para lhe mostrar, ao meu primo Kaluter, na mão do Paulino, um pária como eu e da cor dos párias que o tinham posto a ele em fuga e mais cedo ou mais tarde haveriam de assustar também os não-párias da sua própria cor, que arma sim, eu tinha, um pistolão de guerra calibre 9, de fabrico espanhol e afiançada pela polícia, e que, escutasse bem, arma daquela só não dava para abater gazela porque serve é mais para matar gente. Pus o cinto da bolsa em bandoleira e saí para dormir na minha tenda, que o Paulino armara. Mas quem acabou por dormir lá foi a sobrinha do meu primo Kaluter, que saiu da gruta também, a chamar-me, com a amiga atrás. Eu fui dormir ao relento, encostado ao jipe.

O Grego poderia ter-se finado assim.

Da morte do Grego

32

E no entanto, da própria morte do Grego, pouco, de facto, posso adiantar. Sei apenas que durante todo o tempo em que o seu cadáver permaneceu insepulto no acampamento, e pelo menos até à intervenção do Mulato que, nesta narrativa, vai aparecer mais à frente, a seu lado jazeu também uma carabina, uma Martini 9,3. E terão sido dois os tiros que a vastidão tensa e ofuscante acolheu nessa hora entre as demais perigosa da uma da tarde, propícia entre todas ao passeio errante dos génios da natureza, os bons, os menos bons e até os maus. Se um dos dois tiros tinha sido disparado por essa arma ou ambos provinham da fúria justiceira do Inglês, jamais talvez saberei dizer. Deve sem dúvida ter havido alguma altercação a preceder o trágico desfecho. Archibald Perkings não pode ter deixado de procurar induzir o Grego a revelar-lhe detalhes que dessem sentido àquilo tudo. E o Grego pode ter respondido de maneira a exasperá-lo. Qualquer coisa desse género. Mas nenhuma iluminação me veio confirmar a lógica de um raciocínio assim nem nenhuma informação me permite chegar lá. Quando mais tarde vim a ter acesso aos papéis, encontrei matéria capaz de suscitar algumas conjecturas e outras tantas conclusões (algumas, inclusivamente, devidas ao punho esforçado e perro do avô do Paulino, o Ganguela-do-coice) mas nada que se ligasse à própria morte do Grego.

O que sei, e posso introduzir já, é que Archibald Perkings, depois da cena com a Americana, se viu de súbito iluminado pela revelação demolidora de que aquele corpo de adolescente tão perturbante numa mulher já entrada em anos, ruiva e sem peito, era o mesmo que vira, muitos anos antes, sob o seu pai e entre os arreios e o cheiro a couro da cavalariça da *farm* da sua infância, nas crepitantes margens do *veld* de uma Rodésia como a dos romances de Doris Lessing. O que o acometeu nesse instante, e o levou a desencadear, sem controle, todo aquele escândalo cinematográfico que impunha a retirada imediata, tudo em fralda de camisa, dela, do sebento exemplar de herdeiro rico que a acompanhava e do conde belga, foi uma repulsa visceral, um nojo insuportável, bíblico, fundo, que ao seu espírito se apresentou então plenamente apreensível e explícito, denso de tudo o que ao longo da vida tinha lido e reflecido sobre interditos, poluições, violações do sagrado, sujidades de corpo, da alma e do próprio fluxo respiratório, por ver-se assim a cometer comércio carnal com fêmea que o seu próprio pai conhecera. Só lendo Mary Douglas para entender agora o que ele terá então sentido, a agonia cósmica a que sucumbiu antes que — o acampamento já só a borbulhar de murmúrios na sanzala e o ronco do Ford T a crepitar já surdo na maior distância —

derramasse água fria no peito e no ventre e esfregasse o corpo com sal, queimasse a roupa que tinha largado e entrasse na mata com o raciocínio a latir de novo.

Não lhe restavam dúvidas, mesmo sem poder adivinhar como o teria a Americana descoberto ali, acerca das razões que a tinham feito vir. Caminhou durante uns bons três quartos de hora, talvez, deteve-se quando sentiu que alguém lhe seguia, viu que era o Ganguela-do-coice e prosseguiu, atingiu o leito de uma modesta linha de água e foi-lhe subindo o curso até atingir, à direita, um contorno cerrado de copas de acácia contra o céu da aurora, que despontava a leste.

33

Longos os trabalhos, e os dias, que o tinham conduzido antes àquele local. A decisão que primeiro lhe tinha ocorrido vaga, na ponte de Waterloo, e afinal viria a consumar apenas algumas escassas horas depois, náufrago, enjoado e a oscilar no interior burguês da sua casa em Baker Street, não muito longe da de Sherlock Holmes, marcava o início do caminho até lá.

Já nessa altura sabia onde apontar caso a alternativa, como lhe ocorrera, fosse a de perseguir o interesse que se lhe gravara na mente de rapaz à hora de ceia de uma remota noite. A conversa com que o pai tentara então remediar o constrangimento que havia, discorrendo sobre o tesouro de um potentado Matebele, tanto o impressionara a ele como à jovem americana que lhe estimulava o relato, via-o agora. O pai tinha vindo morrer em Inglaterra, já Archibald estava a estudar em Liverpool, e a instâncias do filho revelara o resto do que sabia a respeito do tesouro. Pouca coisa e assaz vaga, talvez, bastante embora para que Archibald ficasse a saber o rumo. A segui-lo, um dia, haveria de apontar à margem direita do Kwando, por alturas da junção de um afluente seu, o Lomba. Veio até aí no primeiro ano, quando saiu de Londres, caçou, voltou à Rodésia para vender as pontas de marfim, regressou de seguida e depois dessa segunda campanha na área já tinha estabelecido suficientes contactos com a rala, escusa e mimética população local para saber da existência ali de um lugar temido, no meio de pântanos e densa floresta. Foi-se chegando lá, mas sempre obrigado a manter-se prudente. O local e a vizinhança pululavam de tsé-tsé, fatal para a espana do seu carro boer e para os cavalos com que caçava. Dentro dessa mata, segundo o que sabia, havia de encontrar um monte de muita pedra, *pedra-da-água* capaz de matar a quem, branco ou preto, lhe tocasse. E um monte de cinzas. E muita ossada de animais e gente. Ninguém lá ia. Desse feroz soberano zulu, Matebele, o Lobengula, constava que tinha mandado executar — isso já o sabia Archibald desde que o pai semeara na sua cabeça e na da Americana aquela insidiosa e carnal ideia de tesouros — os 500 carregadores que tinham transportado a preciosa carga de ouro, marfim e pedras preciosas.

Quando Archibald descobriu finalmente o local e deparou com a pirâmide de pedras e com o monte de cinzas que na realidade ali se achavam, acompanhavam-no apenas o avô do Paulino — o Ganguela--do-coice — e uma bizarra figura de homem estreito, comprido e sempre vestido com uma velha labita, quioco de barba fina e bom atirador que passaria mais tarde para o serviço do Grego, quando este se lhes juntou. Archibald não mexeu em nada. A montanha de pedras de que andara a ouvir falar estava ali, era uma pirâmide a elevar-se de um quadrado aí com uns 15 passos de lado, aparelhada à maneira dos amuralhados do Grande Zimbabwé, mal conhecidos ainda na altura mas de que Archibald tinha ouvido falar. Seria difícil atribuir esse tipo de construção às populações que actualmente povoavam a zona. Mas também não teria qualquer cabimento, reconheceu com desânimo, imputá-la a Lobengula. O chefe matebele tinha sido desbaratado pelos Ingleses há menos de vinte e cinco anos e aquilo era, manifestamente, muito mais antigo. Uma frondosa árvore, secular sem dúvida, elevava-se, aliás, a partir de uma das faces da pirâmide com o colo do fuste a mais de metro e meio do chão, que só o pivô da raiz principal atingia. Já teria germinado ali de uma semente retida entre as pedras. Construções destas, aliás, sabia Archibald, eram também comuns nos planaltos do interior atlântico e suspeitava-se já, para alguma coisa lhe servia agora ter-se oportunamente interessado pela arqueologia africana, daquilo que mais tarde viria a ser cabalmente confirmado: os amuralhados do Zimbabwé são apenas o que melhor se conhece de uma cintura de construções do mesmo tipo que da costa oriental, ao nível do Zambeze, descreve uma meia-lua que vai atingir o rio Kwanza nos contrafortes do Libolo.

Quando eu próprio acabei por ter acesso aos papéis de Archibald Perkings nas nossas mais familiares margens do rio Bero, aqui ao lado, entre eles deparei com os restos de um livro editado na Inglaterra no ano de 1901 e que divulga o relato da permanência e das viagens nas costas e no interior dos então reinos de Angola e de Benguela do século XVII, de um Inglês feito prisioneiro pela Grande Armada espanhola ao largo do Brasil. É aí que pela primeira vez, e para a história, são referidas as hordas "jaga" associadas posteriormente à invasão e destruição do reino do Congo no tempo de um soberano a que os portugueses chamaram Álvaro I, e à restante expansão imbangala e fundação dos reinos ovimbundo ainda hoje invocados como matéria para legitimações sessionistas. Poderá a minha fantasia abrir lugar para que Archibald Perkings, homem cultivado, se tenha extasiado perante a conjectura de uma expansão alargada até ali? É matéria insidiosa, até porque à volta dos "Jagas" se veio a desenvolver uma controvérsia académica que dura até hoje e tem posto muita gente ainda viva e activa a discorrer sobre o assunto. Não sei sequer, nem irei ocupar-me disso, se é sustentável e legítimo associar a tal expansão o tipo de construção em que aquela pirâmide se inscrevia. Mas como furtar-me, literariamente, ao risco emocionante e sacana a que assim me exponho? E quem é que aliás me conferiria, e ao que escrevo, importância suficiente para virem depois interpelar-me a tal respeito? São coisas de poeta e não é assim que, na melhor das hipóteses, pensa e age um ficcionista despachado e ágil como são alguns dos nossos? Mas Archibald Perkings não mexeu em nada, de facto. Apenas esboçou, no seu caderno, um croquis do sítio e uns alçados da pirâmide. E quase esqueceu, depois. Há muito tempo que não voltava ali. E mesmo de tesouros, nos últimos anos, ele tinha lá querido saber.

34

Mas tinha querido o Grego... E aproveitara, desde que viera juntar-se-lhe, todas as ausências de Archibald, quando este se afastava na caça, para vir aqui, guiado pelo quioco que era afinal quem caçava para ele, o próprio Grego não atirava nada, cavar e desmantelar tudo até ao ponto em que agora se achava.

A pirâmide estava completamente derrubada e entre o amontoado de pedras em que se tinha transformado via-se um perfeito paralelepípedo de granito, de dimensões enormes, e setas de ferro, enxadas às centenas e instrumentos de ferreiro de manufactura sem dúvida muito antiga, crânios humanos e de animais domésticos. Abaixo do nível do chão em que a pirâmide assentara havia o que restava de uma superfície de lajes onde se abria um buraco de terra preta para onde convergiam as bocas de três galerias. À volta, pela área que circundava os despojos da pirâmide, mais de oitenta buracos tinham exposto à luz do dia terra preta novamente, lajes, pedras cúbicas, enxadas e ferros, setas e facas curvas. E a partir de um amplo quadrado aberto a meia distância entre a pirâmide e o monte de cinzas que lhe ficava a uns duzentos metros, para além de umas valas que há muito tempo também tinham sido ali abertas, divergia uma surpreendente rede de galerias largas, e por vezes fundas, de onde areia rosada e fina tinha sido trazida à superfície.

Archibald ficou muito tempo a olhar para aquilo. O Ganguela-do-coice veio sentar-se ao lado. Na cabeça dos dois era evidente estarem perante o que restava de cultos muito antigos de apelo à chuva. Na do avô do Paulino talvez prevalecesse o estarrecimento perante a monstruosidade do sacrilégio e a dimensão das consequências que daí adviriam para o governo do mundo, a cena dessa noite falava era já disso. Na do Inglês fervilhava o desconcerto, a perplexidade, a raiva, o horror. Era isto então que o Grego visava quando em Salisbúria falara a Archibald em passar de receptador de marfim a produtor do mesmo, indo ele próprio caçar elefantes, e lhe pedira para o aceitar como companhia durante uma campanha ou duas... Perplexo punha-o a evidência de que o curso das coisas, até ao que acabava de acontecer há apenas umas escassas horas, haveria de obrigar a um plano em que intervinham a Americana e o Belga para além do próprio Grego, a quem o ardil de todos tinha colocado na pista dos seus segredos, dos seus terrenos, do seu desgosto e da sua solidão. A raiva era a que não poderia deixar de ocorrer a Archibald Perkings, antropólogo distinto, discípulo de Frazer e condiscípulo de Radcliff-Brown, perante a monumentalidade de uma barbárie como a daquela demolição que se exibia agora à sua frente. E o horror era por não poder deixar de vir a ter que confrontar-se, no imediato, com o autor de tudo aquilo, um monstro com quem andava candidamente a privar fazia já tanto mês, e isso sim, era uma coisa insuportável.

    Voltou ao acampamento e poucas horas depois os cães lambiam, no chão da clareira, o sangue do Grego. Mandou preparar a sua espana de onze juntas de bois e o carro boer para se ir entregar no dia seguinte à administração portuguesa e foi o requiem de Mozart que se misturou, caudaloso, quente e grave, pelo fim dessa tarde, com a poeira de oiro levantada pelas manadas lentas de guelengues nas paragens longínquas dos areais do leste.

35

Uma viagem dali ao posto, ida e volta e a andar bem, haveria de durar doze dias no mínimo. Mas passados oito Archibald Perkings estava de regresso. Levara o carro para não deixar os bois ali ao abandono e a suscitar talvez mais crimes, quando a autoridade portuguesa o viesse a reter, e os cavalos, eram dois na altura, foram porque, já agora, se o carro era bom para dormir-lhe em cima, era mais cómodo seguir a cavalo do que sentado e inerte em cima do carro, sonolento mas sem poder pegar no sono por causa dos estalos do chicote, dos aboios do carreiro e dos solavancos. E assim podia de cada vez adiantar-se na derrota diária e esperar pelo carro e pela comitiva mais à frente, num lugar bom para acampar, com carne abatida já para seu consumo e do pessoal. O carro, aliás, transportava carga. Era o armário das armas e as caixas de munições. O resto tinha deixado, os livros mesmo, as pautas da música, o próprio violino e os cães, não eram coisas de fazer entrega a qualquer autoridade. Sobre os cães dera instruções, por sinais, à menina mulata que às tardes lhe vinha escutar os concertos. Era muda e filha da companheira que um carreiro cafuso tinha trazido do Lubango, duas ou três campanhas antes. Devia reter os cães presos durante dois ou três dias, para que não o seguissem, e tratar deles, para sempre. E enquanto a menina o fitava muito direita e humilde mas com um fulgor nos olhos que depois lhe dilatou o corpo todo e lhe fez aflorar à testa e ao buço as bagas de suor que as lágrimas viriam engrossar até escorrerem juntas pelo seu busto arfante, Archibald, embora perturbado e a dar conta, enfim, foi-lhe informando, a gaguejar com as mãos, que ia deixar, na mão do seu padastro, uma Kaprotchek, para lhes arranjar carne, e para o pessoal também enquanto não achassem novo rumo. E partiu, levando consigo o resto das armas e das munições. O marfim, e nessa fase tardia da campanha ele era já muito e elevado o seu valor, tinha passado a noite, com o Ganguela-do-coice, a enterrá-lo a juzante do rio. Se não havia antes, talvez, tesouro algum, haveria agora.

No quinto dia do percurso adiantou-se logo de manhã com o Ganguela montado no segundo cavalo e a fazer-lhe companhia. Dormiu nessa noite ao relento, com o companheiro de viagem também enrolado ao seu lado, e na tarde seguinte alcançaram o posto. Da conversa havida com o chefe que então ali definhava, não sei literalmente mais nada para além do que Galvão consigna: "Friamente, em poucas palavras, contou à autoridade portugueza que tinha morto um homem e pediu que lhe fossem tratar do enterro e que dispuzessem da sua liberdade e da sua vida, como criminoso que era de um delito de morte. O chefe de posto, pensando nas canseiras que o caso lhe ia dar, mandou o inglez em paz, aconselhando-o a fazer ele próprio o enterro."

Interrompeu-se pois ali, apontou de novo ao acampamento e só voltou a parar na manhã seguinte, quando mandou inverter a marcha ao carro que vinha ainda a caminho do posto e de cuja comitiva passara entretanto a fazer já parte um dos seus cães que, solto pela menina segundo as instruções, abalou ainda assim, no imediato, atrás do rasto do cheiro do dono depois de ter ido farejar o lugar vazio do armário das armas. De regresso ao acampamento foi então que Archibald Perkings encontrou lá o Mulato que na versão de Henrique Galvão intervém ao mesmo tempo que o barão belga. Na minha o Belga actuou já, lá muito para trás. Chegar à fala, com o Mulato, foi coisa fácil. Não era nada ao Grego, tinha sido só contratado por ele para se manter apenas o tempo todo, com espana e carro e a caçar alguma coisa, conseguindo, a dois dias de viagem. A Archibald já tinha constado que alguém caçava a leste, do outro lado, não muito longe, da fronteira. Vinha agora, as notícias correm rápido, pelas armas e pelo marfim do Grego e não hesitou em insinuar a Perkings que a troco disso o caso pouco lhe interessava e nem daria parte, fosse a quem fosse, do que estava a ver. Archibald Perkings retorquiu-lhe que a parte a dar já estava dada e sugeriu-lhe que fosse ele ao posto também se queria entrar na posse legal das coisas do Grego. O Mulato recusou ir, até mesmo se Perkings o acompanhasse. Então, antes que uma conversa assim também viesse abrir caminho a mais desgraças, Archibald decidiu voltar de novo lá, sozinho outra vez, e impôr ao Português o tratamento oficial dos casos. É dessa segunda viagem ao posto, donde Archibald haveria de regressar para suicidar--se depois de acabar com tudo à sua volta, que eu sei bastante mais do que Galvão sabia. Quer dizer, viria a sabê-lo quando por fim acabei por ter acesso aos papéis que estariam mais ou menos na mão dos herdeiros do finado Luhuna, *ombiadi*, número um, dos Kuvale, gente minha com quem ia entrar em contacto logo após ter conduzido o meu primo Kaluter ao Yona.

30.12.99

Tudo é imemorial e nada é vetusto, inadequado por antigo. Os usos inscrevem-se numa coerência de consumo que não inadequa os instrumentos. Nada é vetusto, como se pode dizer por exemplo de um instrumento cirúrgico ultrapassado, posto ao lado por um sucedâneo seu que se adequa melhor à função. Uma cabaça para bater o leite é o instrumento que melhor se adequa à tarefa nas exactas condições em que é usado e tendo em vista aquele preciso resultado: a tecnologia precisa e justa.

Onde mais te vês...

36

Quando, depois da maka que tive a caminho do Yona com o meu primo Kaluter, saí da gruta do

Tambor para vir dormir cá fora, na tenda que o Paulino me armara, atrás de mim deixava um ambiente de cortar à faca, denso da ameaça de morte de homem que ali pesara e a mim me tinha arrepiado também, porque é assim que coisas dessas podem acabar por acontecer. O amigo de infância do meu primo Kaluter, que lhe alugara as duas viaturas em que a gente do meu primo viajava, mais o equipamento de campanha, o gasoil e o rancho, levantou--se imediatamente para se precipitar em instruções inúteis dadas ao motorista da carrinha e aos ajudantes, e ao meu primo Kaluter deixei-o e ao seu enorme corpo, qual John Wayne exausto e sem pose nalguma pausa da rodagem do seu último filme, com as pernas esticadas e mal assente numa pequena cadeira de lona. As meninas, a sobrinha e a outra, estavam sentadas, muito unidas, num rebordo da parede mais distante da gruta, a olhar, transidas, para aquilo tudo. O meu último olhar, antes de colocar a bolsa da arma em bandoleira e virar as costas àquele cenário, tinha sido para elas e não me surpreendi quando, ainda na soleira da gruta, ouvi a sobrinha do meu primo Kaluter a chamar por mim. Detive-me, já cá fora, e vi-a vir, com a amiga a levantar-se atrás dela, mais devagar, os olhos no chão e os braços muito esticados a pressionar para baixo os fundos dos bolsos do casaco. Colocou-se à minha frente, muito perto e de cara levantada, de olhos muito fixos nos meus, para perguntar-me se as duas não podiam passar a noite na minha tenda. Achei normal que só lhes restasse, depois daquilo a que tinham assistido, dormir fora da gruta e do bafo de tanto homem em fúria. E não me custou admitir que essa era também a maneira de me demonstrarem alguma solidariedade naquele transe delicado e de coragens decisivas. Chamei o Paulino, perante o olhar tenso e atento, mas mudo, do meu primo Kaluter, disse-lhe para tirar o meu saco de dormir de dentro da minha tenda e colocar lá dentro a bagagem das moças e, quando o Paulino me perguntou o que ia fazer então com as minhas coisas, se as trazia para dentro da gruta ou punha no jipe, para eu dormir lá dentro em vez dele, instruí-o para não fazer nem uma coisa nem outra, para estender o saco e a manta, no chão, entre o carro e a parede da pedra, cá fora. Na noite seguinte, que passámos dentro do Parque depois de termos ido até ao desvio da Foz do Cunene sem ver nada senão gazelas e uns avestruzes ao longe e, já ao cair da noite, um casal de hienas com uma, segundo o meu primo Kaluter, a "mandar a pêra à outra", as moças voltaram a dormir na minha tenda e eu passei a noite de novo ao relento. E já no regresso viu-se bem que aquilo estava tudo estragado para o meu primo Kaluter porque a sobrinha não quis mesmo dar tiro nenhum quando já fora do Parque apareceu uma manada de gazelas e ele estava disposto a instruí-la nos prazeres da caça, era para isso que a tinha trazido. E foi então, à frente dele, que aquela decidida e vigorosa jovem mulher me perguntou se, voltando eu aos meus matos logo no dia seguinte, porque tinha o compromisso de estar presente a uma festa importante desses Mucubais, ouvira-me dizer, não me importava de as levar, às duas, comigo. O tio objectou que não dava tempo, por causa do regresso a Luanda, a caminho de Lisboa, mas a sobrinha alegou que dava tempo sim senhor, ou o encontravam ainda no Namibe quando regressassem da viagem comigo ou iam-lhe ao encontro já em Luanda. A passagem para Lisboa só estava prevista era para daí a dez dias. E eu, assim tão gloriosamente a marcar pontos, assegurei, sem me dignar falar para ele, que se o meu primo Kaluter se mantivesse ainda no Namibe nem que fosse só por quatro dias, como me constava ser do seu programa, eu as traria de volta muito a tempo de partirem para Luanda com ele. E ficou decidido que as duas avançariam comigo, no dia seguinte, em busca de outras Áfricas, mais actuais e quiçá mais emocionantes. O Paulino, à distância, abanava a cabeça e murmurava "não vale a pena", e nos olhos cinzentos da sobrinha do meu primo Kaluter brilhava o gume e o chiste de uma imensa perfídia de criança grande.

37

 Passei pelo Virei, *capitulei* o B, o Pico e o Bolande, que eu tinha dito para me esperarem lá, e saí já com o próprio filho do finado Luhuna, o dono da festa, e a transportar uma parte dos sacos de milho necessários para alimentar a enorme concentração de pessoal que havia de acorrer a um local distante só uns 30 quilómetros dali, na margem esquerda do Bero, perto da passadeira, onde chegámos por volta da uma da tarde. A sobrinha do meu primo Kaluter e a sua amiga vinham muito animadas. Tínhamos visto gazelas antes do Pico do Azevedo e parei quando chegámos à lagoa do Kanehuia, seca naquela altura do ano, para lhes mostrar, era recomendação do meu primo Kaluter, o obelisco que assinala o túmulo de um doutor Carriço, botânico e lente de Coimbra que ali morreu não sei bem quando já e onde, nos tempos, os orfeons universitários saídos de Portugal para vir fazer *tournées* pelas colónias, nunca deixavam de colocar uma lápida, era programa muito caro aos governadores distritais de então. E tinham estremecido, excitadíssimas as duas, quando mais à frente as fiz descer ao interior de uma das casamatas que as tropas cubanas encarregadas da defesa anti-aérea do sudoeste de Angola, na guerra contra os sul-africanos, tinham escavado nas imediações do Virei. A sobrinha do meu primo Kaluter, sobrinha da sua mulher, aliás, e sua só por afinidade, portanto, não tinha acabado a faculdade, estava eu a saber agora, mas estudara germânicas e trabalhava em comunicação. Tinha aproveitado umas férias para vir com o tio ver a terra onde tinha nascido e donde a tinham levado, muito criança ainda, para Portugal. A amiga era outra coisa, era de história e andava agora em Luanda, no arquivo histórico, a fazer consultas para uma tese que apontava às muitas obscuridades do século XVIII em Angola. À chegada a Luanda tinha mesmo até perguntado por mim, era uma das pistas de contacto que trazia de Lisboa, dada pela minha amiga Paula, e soubera entretanto que eu andava para aqui. A sobrinha do meu primo Kaluter, quando se encontraram em Luanda, tinha-a convidado para vir junto descobrir esta parte cá de baixo, restituíam-na depois às suas pequisas, e aceitara sem sequer se lembrar do que lhe haviam dito a meu respeito. Mas agora, vejam lá, era comigo que estava a andar nos meus próprios terrenos, interessante. Eu vinha exultante também, por aquelas minhas picadas fora, respondendo com a mesma cortesia e alvoroço à exuberância verbal, extrovertida e até física, da sobrinha do meu primo Kaluter e à discrição delicada, cerebral e até física, da outra. Já estava a suspeitar que elas haveriam de dinamizar-me o empenho dos três dias que estavam para vir.

 Parei o carro escondido no mato à beira da estrada, na margem direita, elevada, do Bero, e depois seguimos a pé para atingir, a uns dois quilómetros, o leito do rio já a pouca distância de uma antiga residência fixa do finado Luhuna, onde o seu filho Nungunu queria agora montar também a sua. Passámos grande parte da tarde à sombra de uma enorme acácia álbida que ali, entre outras, medrava, e esse foi um tempo excelente para que as senhoras apreendessem a cor local. Já havia muita outra gente estacionada, mulheres da família do Nungunu e de outros notáveis, seus parentes, e até convidados que tinham chegado primeiro por terem saído de muito longe e, assim, de véspera. Foi distribuído milho às mulheres, dos quatro sacos por nós transportados, para começarem a moer, e gerou-se uma enorme confusão à volta de um bidon de dez litros de kanyume, destilado local comprado pelo Nungunu no Virei, porque no acto da descarga do carro tinha sido entregue a um rapaz seu parente, mestiço entre Mucubal e Vatwa, e o rapaz saíra dali com ele às costas em direcção ao rumo indicado mas depois pelo caminho decidira começar a beber logo dele, e acabara por perder-se noutras direcções, cada vez seguido por mais numerosa comitiva a impor-lhe novas paragens, e novas libações, até que, parente e bidon, tinham acabado por levar completo sumiço. A questão, acabei por sabê-lo depois, é que o rapaz dava notícia, a quem aparecia, que podiam beber à vontade. No carro havia mais cinco bidons iguaizinhos a esse. Não sei quanto tempo o equívoco durou, mas mesmo as pessoas ao pé de quem tínhamos estacionado, nas sombras do rio, e as que chegavam, iam ficando ao corrente da abundância de kanyume que a minha presença facultava. E de cada vez que o Paulino ia e vinha ao carro, com o seu sobrinho David, para trazer o que ainda lá tinha ficado do meu equipamento, não faltava quem se oferecesse para ajudá-lo. Até que o Paulino associou tanta solicitude à expectativa que reinava à volta dos tambores e assumiu com denodo, muita coragem e alguma apreensão, a ingrata tarefa de lhes explicar que aqueles outros bidons eram nossos e continham mas era apenas água, água do Namibe para uso exclusivo do doutor e das meninas. Só soube disso depois, porque o Paulino me poupa quando pode a certas coisas. Passei a maior parte daquela tarde menos atento às conversas da população local do que à curiosidade interpelativa das minhas companheiras de viagem e entretanto vieram ali ter, à procura do B por ser o soba da área onde iam actuar, muitos elementos de uma brigada de vacinação saída do Namibe e ataviada com t-shirts e bonés brancos com inscrições a dar notícia de uma qualquer data comemorativa decretada pela Organização Mundial de Saúde. Uma viatura deixaria uma parte deles lá para a frente, na Tyikweia, outra no Vitivi, e viria recolhê-los dois ou três dias depois. A sobrinha entusiasmou-se com esta evidência de uma Angola ainda assim viva e atenta às necessidades do povo, apesar da imagem de guerra total e descalabro que a informação andava a dar lá por Lisboa. Não lhe falei, evidentemente, da movimentação de comércio de cabritos que ia haver, nem do lugar que as t-shirts e os bonés ocupavam naquilo tudo e nem das taxas de intervenção sanitária que de facto viriam a ser atingidas, por um lado, registadas, pelo outro, e divulgadas, por fim. O entardecer estava magnífico. Montei as tendas, uma pequena para mim e outra maior, para elas, lá no alto, onde ia decorrer a festa, fiz com que toda a minha gente se deitasse cedo e gozei de boa paz, embora tenha dormido com o sono um pouco agitado, mas isso já é costume.

38

Na manhã do longo dia que ia seguir-se a agitação começou cedo, bem entendido. Dei café às moças e instruí-as como pude acerca da higiene ainda assim possível naquelas paragens. Chamei a mulher mais velha do Batupo, minha grande amiga e senhora jovem de muita confiança, para acompanhá-las ao areal do leito do rio, onde bastava cavar para emergir água limpa. Ou até onde elas achassem necessário. E dei-me desde muito cedo a plácidas leituras, embora muito atento ao que entretanto viesse a passar-se. Continuou gente a chegar e a meio da manhã foi abatido o primeiro boi, um simples garrote médio, avulso, sem linhagem nenhuma nem interditos ligados ao consumo da sua carne, só para me darem uma parte a mim e destinar o resto a visitas importantes que lá mais para a tarde haviam de vir. Só já ao cair da noite foram abatidos, com todo o cerimonial, dois bois de grande porte, de enorme valor em peso e em símbolo, com rezas, imprecações e benzeduras, coisas de que já falei que chega nos *Pastores...* e na poesia da *Observação Directa...* O

Ketia-Ketia, que passou o dia inteiro ao pé de mim, não deixou nunca de me ir comentando, em voz baixa, as orações dos oficiantes, os gestos das unções com os óleos, as folhas com que estavam a esfregar a carne dos animais e a testa das pessoas para que depois, mesmo com bebida, não viesse a ocorrer nenhuma confusão, contradições entre os circunstantes, feitiços, maus-olhados, coisas más. Era bom ter o Ketia-Ketia assim ao pé de mim, homem gordo e alegre, da minha classe de idade no sistema kuvale, que é a do pássaro rapace, grande dançarino que se preparava para passar a noite num frenesim total até cair para o chão, exausto. Presentes também, muitas vezes à minha volta e a perguntar se eu não precisava de nada, o Mwahunatyo, herdeiro do pai do B, e outras caras conhecidas, sobretudo do Vitivi, e igualmente um simpático Mundimba, rapaz novo a circular na área por causa de um caso de roubo de gado, a quem dei café a determinada altura e depois passou o tempo todo à volta do Paulino, sempre a querer mais por causa do açúcar até o meu assistente se insurgir e eu acabar por intervir para manter as harmonias. Eu estava de muito bom humor nesse dia e ligeiro como me parece que estou a ser agora, e contente por estar ali depois dos apertos da viagem ao Xingo e das andanças com o meu primo Kaluter, e detive-me mesmo naquela manhã foi a ver o Ketia-Ketia talhar umas sandálias da correia de couro que tinha trazido já amolecida e tratada de um qualquer outro abate destes, era o tempo deles, era o tempo da carne. Eu detinha-me então numa matéria que ainda, pressinto-o, me há-de ocupar bastante. É para coisas dessas que me estou a ver cada vez mais virado desde que decidi não me afligir muito mais com aquilo que não depende de mim (aprendi em Marco Aurélio e Epicteto). A distância entre aquelas sandálias, que ao fim da manhã estariam prontas, novas, de couro cru, rude, e as que o próprio Ketia-Ketia calçava então, moídas pelo tempo e pelos seus andares, eis o que me interpelava. O objecto impregnado pela relação do uso. É à volta disso que há-de residir toda a carga que empresta tamanho valor àquelas peças, de uso quotidiano, imediatamente perecíveis nestas sociedades, quando são introduzidas nos circuitos da arte e o mercado internacional depois preserva e valoriza como tesouros. Uma cabaça para bater o leite, aqui, nova ainda mas aparelhada já para prover à sua função, e até adornada, tem já inscrito nela todo o investimento criativo que compete a uma obra de arte. Mas só o uso útil que se lhe vai extrair há-de conferir-lhe estatuto de coisa com valor plenamente simbólico. E, ainda assim, ninguém irá poupá-la ao uso, seria negá-la a ela e ao seu valor real, até que um dia quebre e o tempo normal a extinga depois. Qualquer coisa assim para relacionar com muita outra matéria e associar às modalidades e à moda do efémero nas artes modernas. Delírios...

39

Mesmo em junho o dia aquece das onze da manhã às quatro da tarde e passei essas horas debaixo das sombras da margem do rio. A sobrinha do meu primo Kaluter entreteve-se primeiro com as mulheres do Batupo e muitas outras jovens mães ali presentes, a deixá-las mexer no seu cabelo liso e a brincar com a quantidade de bébés que por ali havia, depois a trocar gargalhadas com rapariguinhas púberes que aos bandos vinham sentar-se à sua frente e fazer-lhe perguntas que não entendia. Emprestei-lhe um dos meus pequenos gravadores, e o jogo de lhes gravar a balbúrdia, e fazê-las depois ouvir trechos dos cânticos que entoavam, prolongou-se pela tarde e acabou por inscrever-se no curso normal do dia. Muitas mulheres velhas vieram juntar-se à volta. E jovens homens adultos. Alguns tinham andado na guerra, falavam português, e a conversa a certa altura deve ter mudado de rumo porque me chegavam cada vez mais frequentes risos guturais daqueles com que as mulheres maduras sublinham situações brejeiras.

A amiga veio até à minha sombra, onde eu estava ainda com o Ketia-Ketia e o miúdo David, perguntar-me se não lhe arranjava nada para ler. Na bolsa de couro em que transporto, pelo mato, bibliografias avulsas, vi que havia matéria capaz de interessar-lhe ali: eram fotocópias de relatos de reconhecimentos feitos por estes lados durante as últimas décadas do século XIX, quando começou a impor-se saber alguma coisa sobre estes interiores e os turbulentos "Cobaes" que os povoavam. E desencantei no meio do resto, com gosto, um livrinho que depois lhe dei e era uma espécie de legado, os *Cinq Études d'Ethnologie* de Michel Leiris, que há mais de vinte anos tinham vindo também ao meu encontro e agora, numa edição diferente mas igualmente de bolso, trazia ali nem sabia bem porquê ou talvez começasse a perceber...

O B, que andava por fora desde ontem à noite, apareceu a meio da tarde para dar-me notícia das movimentações que estavam para vir. Os bois para abater estavam a chegar, também já estava a vir o carneiro preto que havia de ser sacrificado amanhã, e esperava-se, a todo o instante, um carro do Virei com visitas e bebida. Só não se sabia ainda muito bem é quando ia chegar a irmã do Nungunu, filha do finado Luhuna, que era quem lhe tratava antigamente do fogo e havia de trazer, agora, para aqui, todo o instrumental correspondente e a mala do velho, postos à sua guarda desde a morte do Luhuna, para passá-los ao irmão, que herdava o fogo. "Qual mala?", perguntei então. Eu não me lembrava de ter ouvido falar de mala nenhuma e estava ao mesmo tempo a ver que com os últimos acontecimentos quase tinha perdido o fio ao que andava para ali a fazer, atrás dessa festa do filho do Luhuna. "Então, camarada, não é lá que afinal podem estar os tais papéis que já nos fizeram ter que andar a correr isto tudo sempre na sua trás?", insurgiu-se o B, herói nacional e meu informante. Fiquei calado, só a pensar e a dar conta, pelo canto do olho, que a amiga da sobrinha do meu primo Kaluter estava a olhar-me por cima dos óculos sem erguer a cabeça do relato do reconhecimento feito ao curso do rio Bero em 1886 pelo capitão de 2ª linha José da Costa Alemão Coimbra.

Ouvimos um carro parar na estrada distante, talvez junto ao nosso, e as visitas chegaram, como estava previsto, ao local onde estávamos. Vinham, pela carne, o subchefe da polícia, o segundo secretário do partido, o nosso conhecido I, dos *Pastores...*, e o seu segundo, o Mokopotola, sobas-gerais principais do Município, e com eles o administrador antigo, acompanhado da mulher, porque durante o seu extinto mandato tinha mantido ali, através dela, uma intensa actividade de comércio e agora vinha ver, do Namibe, se nesta grande concentração de pessoas não conseguia apertar alguém a quem tivesse fiado.

Deixei-me estar onde estava para os obrigar a virem cumprimentar-me, são fraquezas e estratégias minhas, e depois de trocarmos saudações e abraços não pude deixar de explicar-lhes o que estavam aquelas meninas brancas a fazer ali. Chamei a sobrinha do meu primo Kaluter para dizer ao I, que nos conhecia a todos desde o tempo dos nossos pais, dos nossos tios, quiçá dos nossos avós, quem ela era e que o seu tio, e meu primo, tinha vindo do Puto dar uma volta cá pela terra. Então o I quis saber se eu já a tinha levado à casa da Bomba, uma das muitas construções largadas por esse deserto fora pelo Kaluter original, tio do Kaluter de agora, que fora o terror dos Mukuíssos e dos Mucubais do seu tempo. E se ela já tinha encontrado, no Namibe, essa parte da família, mulatos saídos dele e dessa mulher capturada no Kwanyama e que depois dele morrer ainda andou a fazer filhos com esse tal K, uma espécie de escravo zarolho por causa de uma bofetada que o patrão lhe dera ainda em criança... Um horror de coisas assim e o I não estava de facto a dizer o pior, nem coisa que se parecesse. A sobrinha do meu primo Kaluter ouvia tudo, transida e muda, claro, e eu esperei que as visitas se fossem de novo embora para a chamar à parte e explicar-lhe que embora nem ela nem eu fôssemos nada ao tal Kaluter remoto e original, tio do Kaluter actual de quem era sobrinha, mas por afinidade, e eu primo, mas pela parte do seu e do meu pai, seria sempre em relação a ele que gente como o I e os administradores nos haveriam de aferir... Éramos parentes não só dessa tão tenebrosa figura de branco cruel e ríspido mas também dos escravos que o tinham servido... E que uma das raivas do seu tio e meu primo, a meu respeito, era talvez devida ao medo que tinha de eu andar por aqui a querer saber mais detalhes sobre a ignominiosa gesta desse seu lendário tio... Sabia sim, mas não ia dizer... nem sequer dizer-lhe a ela. Ficaria aliás a saber o bastante se um dia quisesse ir à Biblioteca Nacional, em Lisboa, consultar um livro de caça de um tal Fenikov...

40

O clima aliviou porque logo depois chegou mais gente a arrastar o carneiro e, nem uma hora mais tarde, o tyimbanda com a sua comitiva. A etnografia ia entrar em campo e convidei a amiga da sobrinha do meu primo Kaluter a gravar as conversas que eu ia promover dali para a frente. Primeiro com o B. O carneiro tinha que ser todo preto, sim. Essas senhoras que o estavam a trazer, e os miúdos, sim, isso era tudo gente saída do Kavelokamo, família do Nungunu: "essa aí é filha da primeira mulher do finado Luhuna, aquela é da segunda, então reuniram. Quem tem carneiro assim, para tirar lã? Tinha na irmã. Se não tinha também não podia sair de um curral qualquer só estranho, arranjavam então era um boi, preto também, para matar nesse lugar e em lugar do carneiro... A cor assim preta chama-se *ondyeloi,* é cor de pelagem preta. É no geral, sim, tanto serve é para boi como é para carneiro".

O tyimbanda: os que estão à frente são os guarda-costas. Ele é o que está a vir atrás. A seguir, os outros: o primeiro: é Mucubal.'O outro, que está com o saco da pele da cabra: é Muroka como o tyimbanda, é seu sobrinho, acompanha o velho para lhe ajudar e aprender já, é ele, às tantas, que lhe vai render um dia. Nesse saco é que está o material, é o thipo. O pai deste tyimbanda não tratava, quem era é o tio, passou na mãe desse. A senhora faleceu, passou para o filho... é esse agora, nosso próprio mais-velho, Miguel Firmino. ...Sim, esse tio é que tinha feito o primeiro trabalho para o velho Luhuna... quando morreu o tio desse aí, o mais-velho Luhuna continuou com a velha e assim quando a velha morreu e o Luhuna morreu também, os que estão a continuar agora é o filho do Luhuna com o sobrinho do outro, esse mais-velho Miguel, do Kuroka. Estão a combinar o lugar onde é que vai se fazer o tal cerco para depois inaugurar aí o fogo... Agora está a faltar é o Nungunu para indicar o sítio onde é que é para ficar. O fogo. Conversa com o tyimbanda (e o B a traduzir): esse tratamento: o mais-velho Luhuna já tinha esse fogo... passou no filho... então o mais-velho tyimbanda veio agora é para assentar tudo muito bem... o serviço do Nungunu vai ser: só tomar conta dessa casinha, que é para manter o fogo e o terreno ficar bom... Sim, o próprio sambo que vai fazer chama-se tyinyiongo e a casinha é tyinampela. Aqui, há muito tempo, o tio deste mais-velho Miguel já tinha feito outra casinha e aberto o mesmo fogo, para o finado Luhuna. É isso que ele está a falar. Depois mais tarde esse Luhuna foi assentar no Kulo... saiu daqui foi assentar no Kulo... agora: primeiro ainda estavam a pensar fazer naquela área do Baué, perto do desvio do Kapolopopo. Esse mais-velho é que não aceitou. O serviço vai ser amanhã, sim, só falta abrir o terreno, depois erguer a casinha, acender o fogo, matar o carneiro... É o quê?

Era por causa do leão e do elefante, no princípio, nos tempos, esse fogo, sim. Quem introduziu nestas áreas foi um muito mais-velho, muito antepassado já, saiu nessas zonas da Muhanyia, parece, ultrapassa Benguela. O homem queria voltar na sua terra. Não lhe deixaram, a gente com ele ainda vai aprender. Nas famílias lhe arranjaram mulher, ele casou e pronto, é assim, já não voltou. Esse era o tetaravô, é assim, tetaravô?, deste homem nosso agora, este valente senhor Miguel, filho da senhora Rosária, o único. Agora nesse tempo o fogo serve é mais é para afastar a guerra, aumentar os bois e rezar com eles e mais para umas coisas que a gente não pode falar, são bois de dar sinal e das fêmeas ninguém pode comer o leite, são coisas assim que é muito secreto, não vale a pena. Entre os Mucubais é só mesmo esta família que tem, ou então... sim, parece que tem um mais-velho que está aí em cima, chamado Lukutu, também tem, mas, se não, em toda a área dos Mucubais, e em todas essas partes, não tem mais nenhum como isso assim... Pronto, o mais-velho agora não quer falar mais... Ponto final, acabou.

... é lá que mais te diz

41

Por toda a Angola se consome e vive como se o mundo fosse acabar amanhã, se calhar vai mesmo, e não há que reservar seja o que for para um improvável mais tarde. Ou não tirar o rendimento imediato possível do que se tem à mão. Também ali ia ser assim e todavia não era por razões de crise. Angola é grande e enganosa até inscrever no panorama geral da sua crise expressões de sofreguidão que afinal são antes de cultura e de sistema. Estávamos no tempo da carne e no meio de uma sociedade pastoril, em que ela só se consome, deliberadamente, quando o gado está gordo e é o tempo dos cultos, das festas e da ostentação distributiva dos mais prósperos, promotora de disputas, reciprocidades, alianças e produção de clientelas, e por isso a concentração de gente ali, naquela noite, era enorme, acorrida de todos os quadrantes ao encontro da pletórica fartura que o poder económico da linhagem do finado Luhuna garantia e a já proverbial generosidade do Nungunu, seu filho, anunciava. Desde que os bois tinham começado a ser abatidos, e a carne a ser cozida segundo as regras da sua divisão, da sequência do seu consumo e do acesso estatutário às partes, o chão tremia com as danças que muitos homens adultos e mulheres sobretudo mais-velhas não largavam. Os rapazes das famílias anfitriãs permaneciam, por dever de função, à volta da carne, a dividi-la e a cozê-la, enquanto as mulheres não paravam de trazer água e lenha, hieráticas silhuetas de braços erguidos e passo pesado a fluir e a refluir em filas e a dar corpo e voz às torrentes do crepúsculo. Aquela era uma noite de junho, era mesmo a noite do solstício de junho, quando o sol inverte a marcha dos seus lugares de nascer e pôr-se, eu via o fogo, os fogos, havia fogos por todo o lado, e não podia deixar de evocar fogos, fogueiras, solstícios por toda a parte do mundo, por todos os hemisférios, evocações que hei-de encontrar em casa, voltando a Luanda, certamente em Eliade e Caillois, sobre o sagrado, sobre a festa, orgias, saturnais, e num belo texto qualquer que eu sei que há, da Yourcenar, e outro nos *Diálogos com Leuco,* de Pavese, de que Jean-Marie Straub extraiu um daqueles límpidos episódios, talhados em pedra branca, do *La Nuée et la Resistance...* O Biloa, ou um dos outros meus mais próximos do convívio no Vitivi, saía de vez em quando das arenas da dança para vir puxar uma fumaça dos cigarros sucessivos que eu, sentado na beira da minha desmantelada cadeira articulada, acendia, e o aturdimento daquilo tudo arrastava-me, sem que eu resistisse, para essas perigosas zonas da reflexão que, em certas alturas, tornam o antropólogo suspeito até perante si mesmo. Quadros míticos, neolíticos românticos. Que antropólogo honesto negará ter cedido por vezes ao fascínio de impossíveis mundos destes? E ali estava eu agora perante uma dessas sociedades onde se preservam matrizes assim. Presentes, meios e procedimentos afins a outras complexidades, a outras complexificações de actuação e de entendimento do mundo, mas o modelo das relações, as práticas de relação, são as que se atêm a um muito restrito apetrechamento tecnológico, o bastante, apenas, para extrair o rendimento máximo da água e do verde, da flor e do fruto, sem ir além da acção de uma elementar lâmina de catana ou de um gume de machado, e é todo o aço. Da sorte, do destino até mesmo mais imediato, destas "comunidades"? Entrarão no século XXI sem que as dinâmicas de uma economia fundamentada na gestão dos equilíbrios se tenha alterado profundamente. Mas o fenómeno maior dos séculos XIX e XX, do ponto de vista social, terá, em meu entender, sido a chamada de todo o espaço planetário à aceitação, com resistência ou sem ela, à adopção vital perante toda a ordem de pressões, dos modelos ocidentais de prática e configuração ideológica da vida.

Terrenos perigosos. Ninguém hoje mais ou menos tributário do senso comum consegue deixar de associar despojamento tecnológico a miséria. Pôr isso em causa seria confrontar a redenção igualizante da ideologia do progresso, do crescimento económico e da acumulação de capitais financeiros, ao elogio, politicamente retrógrado, de uma prosperidade possível nos terrenos do equíbrio e da redistribuição.

De uma imputação deste tipo até os ecologistas cuidam em defender-se. Mas quem era eu para estar com estas coisas se, para meu uso pessoal e íntimo, quase, tinha apenas cinicamente passado da ideia sedimentada de evolução à de complexificação, substituindo Teillard de Chardin a Darwin? Ninguém fala hoje de darwinismo, é certo. Mas o iluminismo e o evolucionismo estão implícitos em toda a produção ideológica e intelectual que vigora e ainda e sempre omnipresentes e dominantes, cientes já dos seus maiores pecados do passado, na aferição da qualidade dos homens segundo escalas físicas, primeiro, e depois segundo uma hierarquização das culturas, mas a fundamentar o mesmo espírito de império, ainda quando disfarçados de um igualmente abjecto paternalismo que confere a uns o direito de decidir, benemérita e providencialmente, pelos outros e em nome dos outros, os ignorantes e os atrasados, os coitados. E esses uns e outros somos todos nós, uns para os outros e por aí fora e sempre em função do ganho do outro.

Terei acordado disto tudo quando o Mundimba se veio agachar de cócoras a meu lado a discorrer, ofegante da dança, sobre um assunto qualquer que o punha a rir às gargalhadas. E eu sem entender quase nada. Puxei do meu canhenho e anotei então: *o desconhecimento da língua impede-me ou dificulta--me também o tratamento que certas expressões me deveriam merecer, nomeadamente aquelas que remetem a eixos de comunicação articulados sobre outros usos do corpo e dos sentidos. Algumas, como o riso, situam-se aí, ou a dança, e o canto, assuntos de que pouco entendo intuitivamente e de que intelectualmente nada sei.* E a seguir outra nota, de que só o curso frenético do pensamento anterior me tinha feito adiar o urgente registo: *é na ritualização que o homem, antes e agora, aqui a comer carne, no Futungo a ruminar domínios, no Parlamento Europeu a florir discursos e abstracções de princípio, se escreve, descreve, se explora agindo inscrito no mito (que elabora), investindo tudo, corpo, presença e espírito, no modo que inventa, acrescenta e adopta...*

42

E foi então, por essa altura, que as minhas hóspedes se aproximaram as duas do lugar onde eu me achava. A sobrinha do meu primo Kaluter afogueada e sem conseguir, nem querer, ocultar um fogoso entusiasmo pelos magníficos corpos masculinos que o espaço todo à frente reflectia quando as labaredas lhes acendiam rasgos no suor dos músculos. E internou-se na noite para fotografar e ir, sentir, mais perto. A amiga, parece, vinha era mesmo para falar comigo. Perguntou se podia. E como do imenso casaco com dezenas de bolsos que lhe descia quase aos joelhos e a agasalhava até deixar de fora só mesmo o rosto miúdo de branca de pele escura, cor de azeitona das Índias, e o cabelo muito negro, denso, pesado e curto, emergia também a sua mão direita a segurar o mesmo bloco em que a tinha visto a escrever horas atrás, ao pé de mim e dos tyimbandas, quando lhe respondi a sorrir, e com toda a doçura de que sou capaz, que evidentemente sim, achei, comprazido, que a conversa ia ser para durar e virei-me também para o fogo ao lado, onde o Paulino conversava há horas com um parente deixado ali por alguma das visitas, para mandar o seu sobrinho, o miúdo David, trazer aquele banquinho pequeno onde era o B que costumava sentar-se. Eu estava por certo ansioso, perturbado pela presença dela, e tomado ainda pela febre de todo aquele décor, porque depois de lhe ter perguntado se queria café e antes de lhe ouvir responder fosse o que fosse comecei a debitar sobre migrações, matéria que sempre me apaixonou e de que, naquela altura, já sabia o suficiente para fazer remontar a origem de muita daquela gente a fenómenos de desertificação do Sahara ainda verde de há sete ou oito mil anos atrás.

Ela ouviu-me encolhida e atenta, agachada assim e a olhar-me de baixo por causa da pouquíssima altura do banquinho e da proximidade a que estava da minha cadeira, baixa também, com os joelhos unidos e os cotovelos apoiados neles. Mas mesmo com esta idade, e tanta estória atrás, depois há coisas que a gente nunca viu e eu não sabia de um olhar assim que ao mesmo tempo acolhia e encorajava o que eu dizia e até podia estar era a forjar respostas, ou perguntas (o que é comum e faz parte daquilo a que os especialistas chamam comunicação não-verbal), mas ao mesmo tempo me observava de muito longe e recolhia, de mim, não o que eu dizia mas o fluir de mim mesmo, enquanto o fazia. Então calei-me, para aguardar não o estímulo do seu olho direito, nem a interpelação do esquerdo, nem a participação dos dois olhos ao mesmo tempo, limpidamente aferida ao diálogo, mas o que houvesse do rumor vulcânico que o fundo do seu olhar fervia, cavo, e o meu ouvia. Do eco das migrações, dos destinos que excedem gerações, impõem rumos a que a espécie aponta, e rotas à toa ditadas pelo tempo, no útero do tempo, emergiu para mim uma voz então, primordial e fresca, frágil como o orvalho das paisagens despovoadas na aurora das eras, na idade da vida orgânica contida ainda só no destino a haver da água e das pedras. "*O que faz você aqui?*" foi o que ouvi então, e estremeci sem ser pela razão, foi mais pelo rasgo que uma voz daquelas, mineral assim, vinha abrir no hímen de alguma parte virgem que eu sabia em mim, "*Anda à procura de etnografias, de exaltações ou de tesouros?*"

Me atrapalhei? Como não? Terei adiantado sagacidades tais como *produzir evidências, não acusações*, ou *entre a renúncia e a denúncia, a experiência*, foi assim que me atrevi lá para trás, ou mesmo *onde mais te vês é lá que mais te diz*, que era a pérola das minhas anotações mais recentes, e exposto alvoroçado as minhas teorias *das implicações adjacentes*, e *dos horizontes simultâneos*, e *dos seis pontos com quatro em pirâmide*, terei voltado mesmo àquelas ruminações lá de trás, que mais do que a tentar explicar o mundo e extrair daí resultados e rendimentos pessoais, cívicos ou políticos, andava era a procurar entendê-lo, não tinha quaisquer ilusões sobre o aproveitamento que pudesse vir a decorrer do meu trabalho em benefício das populações que me ocupavam. E nem no meu. Etc., etc.... E ainda: que em relação a todas as ciências, eu andava também era a experimentar uma imensa fadiga. Mesmo tendo em conta um qualquer mundo académico onde viesse a poder inscrever-se, de alguma forma, o tipo de conhecimento em que andava ali a chafurdar, teses já as tinha feito todas, por um lado, e no meio académico que era afinal o meu, o de Angola, não havia, institucionalmente até, espaço para o meu trabalho. E também perante o mundo donde ela estava a sair, não iria certamente deter-me, para integrar-me nele caso algum dia isso se me viesse a impor ou a ocorrer, em ruminações ansiosas e constrangidas à volta de passados coloniais ou outros, nem tentar passar por cima ou ao lado de uma qualquer má consciência, que aliás não me assistia, para investir-me, como ali andavam agora a fazer algumas vanguardas, numa ávida e provinciana apreensão de temas de uma pós-modernidade afinal já caduca também. Era a clássica estória daquele que entra no jogo antes de tempo e depois, quando chega a hora de jogar, já não acha graça, já está mas é noutra. Não, os meus temas mais pragmáticos continuavam e certamente continuariam a ser os das eternas questões da mudança e, dentro delas, a actualíssima pertinência da configuração e do papel do Estado em situações tão aberrantes como a que o meu país vivia. A não ser que cedesse à tentação, cada vez maior, de me ocupar soberba e exaustivamente apenas da cultura material, mas isso já era outra estória. A minha atitude, aliás, no que dizia respeito a este brumoso universo das ciências sociais e ao dos intelectualismos de uma maneira geral, só podia ser a que ainda há pouco viera, outra ironia do destino, ter ao meu encontro e num livro de poesia, vejam lá. Francis Ponge recorda então quando Jean Paulhan diz que para si o único intelectualismo suportável é aquele que se atém à observação paciente e à experiência metódica, tenta extrair algumas leis, evita os parti-pris, por mais sedutores que se revelem, e se defende, tanto quanto pode, de chegar a conclusões. Maneira, está a ver-se, mais adequada à produção de interrogações do que à de certezas, isso estava eu a dizer-te então, e mais propícia a exercícios e a textos de insinuação e sedução do que a golpes de carreira nas arenas da erudição. Não foi? Pura sedução, pois. E se fui até ao fundo dos meus próprios abismos, e eu estava mesmo era a ver-me lá, não terei por certo deixado de colocar aquela desvairada interrogação que, desde há muito e entre todas, considero a mais abissal das que me ilustram o mistério: o que poderá pensar-se, saber-se, reconhecer-se, de um rinoceronte sozinho, no meio da estepe e sem ninguém a vê-lo? E quando uns olhos cintilantes de ironia, inteligência e ternura me perguntaram que estória era essa afinal de papéis e tesouros, não lhe terei dito que para responder a um desafio assim teria era mesmo que contar-lhe muitas outras e variadas estórias? E não é isso que tenho estado a fazer, até agora?...

(Detenho-me para pensar se ao longo do meu débito e à medida em que fui insinuando a estória do Inglês, não terei produzido uma expectativa a que o meu trabalho imaginativo acabou por não garantir provimento. E se tal ênfase não terá afinal traído também a minha voluntariosa intenção de explorar as contiguidades que me pareciam interessantes, e evidentes, entre essa estória — e o tratamento de quem a protagonizava — e a minha própria busca dos papéis do Inglês e do meu pai. Um enredo único, portanto, que se desenvolveria através de vários leit-motifs, incluindo o dos tesouros. *Tant pis*. O tempo de que dispunha para comentar a vida foi-se consumindo e depois de amanhã sairei daqui para a vida que se impõe sem comentários. Só me resta acelerar.)

31.12.99

Dos horizontes da idade:
E se o horizonte da nossa fosse a possibilidade, a descoberta, a legitimação de múltiplos horizontes numa mesma idade?
A simultaneidade dos horizontes, até aqui múltiplos horizontes, fechados sempre sobre si mesmos, no seu tempo, no seu espaço. E, quando em relação: horizontes dominantes, horizontes dominados. Exclusivos uns dos outros.
Um horizonte invadiu tudo, domina. Todos os outros se lhe rendem. Pela incorporação ou pela anulação. Só conseguem exprimir-se dentro da crise, da dinâmica da crise do horizonte dominante. Abrem a consciência de um vazio. Do processo de apreensão à consciência da apreensão e à má consciência da apreensão.

A mala do mais-velho

43

Etnografias, mais:
Dia seguinte, com o nascer do sol: início das operações. Dirigimo-nos todos para o local escolhido, que é na encosta de uma colina mais baixa, frente ao descampado onde temos permanecido. O tyimbanda, com mais quatro mulheres e o dono da festa, o Nungunu, detêm-se numa mulola que é preciso atravessar e marcam-se nas fontes, na testa, sobre o nariz, pelos braços fora a partir dos pulsos, nos flancos, pernas e coxas, à volta dos tornozelos e nas pás do peito com caulino branco. Os homens, mais de vinte, adiantam-se e começam imediatamente a desbravar um círculo de terreno. Dos arbustos cortados talham ramos direitos para edificar a casinha e com o resto constituem um cerco. O tyimbanda quando chega asperge pó no espaço cercado. Coloca-se de cócoras no centro, sentado numa pequenina pedra como todos fazem, e do seu thipo vai tirando molhinhos de paus que os ajudantes vão moendo, entre pedras. Fala: "eu não sei se hoje vamos ou não vamos beber... depois de nós acabarmos este serviço temos que comer, matamos o nosso carneiro... quem não se confiou, isso é na conta dele... entre tanta gente pode bem haver quem faça partidas... a coisa que estamos a fazer

aqui é uma coisa dos nossos avós, do pai do Nungunu e do meu avô, esse é o serviço que estamos com ele..."

Os paus para a casinha estão dispostos no terreno e o mais-velho Miguèl levanta-se para deitar-lhes pós onde se cruzam. Os primeiros foram três e foi nesses que começou, depois pôs pó no meio e agora está a vir dos três para o centro... aí fez um buraquinho. Deitou mais pó, nesse buraquinho...

O Nungunu escolhe pedras, para armar o elao, que é um altar. Alguém foi cortar paus de mungwandyie no rio, que é para completar... O tyimbanda vem verter outro pó amarelado, que tira de uma cabaça, e enterra num buraquinho que fez à frente da pedra principal. Circula à volta desse buraco a verter mais um pó, agora castanho, que saiu daqueles paus dados para moer. São paus que aqui não tem assim tanto, é mutona... ondyiolo... muthilia... muluholamavingui, aqui não tem esses paus, para arranjar é lá em cima... nessa área, no Ekangai e no Bumbu, isso aí tudo lá tem... Trata dentro da casa, já a ser erguida. A porta vira a noroeste. Faz um risco no chão, um rego que limita a entrada da casa... trata a junção dos paus, em cima...

O tyimbanda fala. Ele diz: isso derivou das guerras... diminuiu-se as pessoas, os mais-velhos foram, nós é que ficámos... esse tratamento... esse serviço... nós é que estamos sempre a acompanhar... no Kuroka estou eu, Miguel Firmino... filho de

Maria do Rosário... com o avô Ngangula, filhos de Kavolovolo, único que a gente pode falar...

44

Quando no dia anterior o B tinha aludido à irmã do Nungunu, que faltava chegar, e com ela a mala de que era guardiã e muito provavelmente, só podia ser, continha os papéis que o finado Luhuna, embora analfabeto, recolhera ao longo da sua vida, e entre eles os hipotéticos papéis do Inglês, os presumíveis papéis do meu pai, seguramente os meus, os "meus papéis" de tantas correrias, de tanta insónia, de tanto delírio, visões e sobressaltos, eu chamei-o depois à parte para lhe perguntar se não achava melhor ter já uma conversa particular com o Nungunu, a tal respeito, ou então pôr a questão a ele e ao tyimbanda ao mesmo tempo quando se encontrassem os dois para estabelecer o programa do dia seguinte. O B achou que não. O Nungunu era nosso, não ia levantar objecções, mas ao tyimbanda Miguel, e sobretudo a um dos seus guarda-costas, aquele Kwanyama grande que estava a andar com essas luvas da tropa que agora, a cada minuto, a cada gesto, se punham cada vez menos brancas, manifestamente não agradara ver tanta gente estranha no local e tinham-se mesmo escondido no mato antes de nos aparecerem, à espera que as visitas se fossem embora para ver se não iríamos com elas. Só se aproximaram, depois, quando o Nungunu, ao ir colher os paus, os okutava, para abrir o fogo novo de hoje, os sossegou a meu respeito e lhes falou quem eu era. Para mexer na mala e ver os papéis, no seu parecer, o melhor seria ele tentar falar primeiro sozinho com o Nungunu, para ver se o levava a falar com a irmã e a convencer o tyimbanda. Contasse, todavia, com reticências deste e, quanto ao resto, veríamos. Essa do *resto* tinha-me ficado na cabeça e era nisso que estava a pensar agora, sem desviar a atenção dos gestos e dos eventos e a tentar gravar tudo, as falas do tyimbanda, as observações que o B, aparecido entretanto, sussurrava ao meu lado e mesmo curtas indicações minhas sobre as operações em curso. O momento capital para mim haveria de estar forçosamente a aproximar-se e eu via vir, a descer a encosta do lado em que estavam as nossas tendas, um grupo de mulheres, em fila indiana, com volumes assentes em kindas, à cabeça. "Aquela senhora que está nesse lado, a segunda, é a filha do finado Luhuna com a segunda mulher do velho. Assim com o Nungunu ela é meio irmã, são só de pai, com mães diferentes...", sussurrava-me o B a ver para onde eu olhava. Virei-me para ele, a interrogá-lo com o olhar sobre a conversa de ontem. Nunca mais o tinha visto desde então... Respondeu-me também com um olhar que era o de uma insuportável ironia, e esticou o queixo para apontar-me a entrada. As senhoras entravam triunfalmente em cena com as ferramentas todas e as fardas dobradas do finado Luhuna, dólmens e capacetes com cores e escudos portugueses ainda, um par de botas altas de atacar pela canela, uma arma fina mas muito velha e sim, lá estava ela, uma bela, magnífica, reluzente mala de folha de flandres, antiga, a acompanhar um canudo de folha também, recente embora e que podia ser um invólucro de morteiro desta guerra nossa, entre nós. Olhei para o tyimbanda, achei-o já virado para mim. Com um gesto inquiriu-me se estava a gravar. Fiz-lhe sinal que sim. Encetou novo discurso: "Essa casinha aí significa-se é a casa do dono da festa e quem vai entrar lá dentro é essa senhora que é a filha do pai desse Nungunu, para guardar muito bem guardado essas coisas que eram do mais-velho" e dizia isto tudo sem tirar, com a cabeça ostensivamente erguida, o olhar de mim, "porque tem que ter-se assim em conta: quando um homem tem a sua filha, a filha sempre torna a entrar na casa... todas as visitas que vem, se tem leite lá para dar, ela é que deve oferecer... *ela é que está a receber a sorte do pai e da mãe...*" A primeira mensagem, para mim, estava já dada. A segunda veio depois, logo a seguir: "Chegou a hora de acender o fogo, esse filho Nungunu é que vai fazer. Ele já aprendeu com o pai, chamaram-me agora é só para poder passar o que sei para ele. Assim, se um outro tyimbanda quiser lhe aldabrar já não aceita porque já viu o próprio pai a trabalhar... as pessoas já vão passar a vir para ser ele a lhes fazer o tratamento... é para aumentar os bois… vem só quando tem um problema, traz o pagamento para ficar com o Nungunu, aquele boi fala-se é *onjambi*… quer dizer: *quem precisa recebe*, é isso que ele quer, então entrega um boi ou um carneiro… *tem preço, aqui tem e em qualquer lugar é igual*". E a terceira também: "Eu já falei lá atrás: não sei se hoje vamos ou não vamos beber… agora vamos beber, o Nungunu mandou vir, é a lei que manda assim… *estou a falar é no depois*… e o tabaco… as pessoas que reúnem aqui, têm que fumar, fumar aqui… *kufwenyia* aqui… *kulonguela* é quando está a dividir o tabaco… quando faz os tratamentos não pode faltar tabaco… *e depois, não fuma mais? como é? não fuma mais?*"

Acendeu-se o fogo, comungámos a beber, comungámos a fumar e quando entrou o carneiro para ser sacrificado, esfolado e dividido, aí eu já sabia: não comungaria do seu fígado, isso era para a família, e nem o resto da carne nem a pele tinham qualquer valor, até os cães podiam comer. Era altura de abandonar o local, já tinha sido avisado. Daí para a frente só quem podia assistir era mesmo gente afiançada. Assinado Miguel Firmino, nato do Kuroka, filho de Maria do Rosário e neto de Kavolovolo, da Hanha, o único. Mas os papéis, sabia-o eu e o B, que vinha comigo e a quem dei uma cotovelada cúmplice, ia era ter que pagar, sim, mas esses estavam-me já no papo…

45

Ou quase. Não estava assim tão seguro do volume da reserva de aguardente que sempre faz parte da minha bagagem para compensar informantes, agradar a amigos, cativar notáveis ou trocar por conduto, no geral cabrito. Quanto a tabaco estava mais tranquilo. Dispunha pelo menos de dois volumes de 300 cigarros de *Jucas*, de que ando também sempre munido para os mesmos efeitos, e de um pacote de *Hermínios* para meu consumo pessoal. Orientei o Paulino para ir inventariar a carga e colocar os produtos à mão e passei as horas que se seguiram a vigiar da minha sombra o movimento que havia para os lados do tyinyiongo. A amiga da sobrinha do meu primo Kaluter entreteve-se a ler mas estava a apreender a tensão, pelos olhares furtivos que me lançava. A sobrinha mantinha-se, comigo, deliberadamente atenta. Ou tinha conseguido entender tudo ou fermentava interesses ou expectativas que, como os meus, apontavam, sem equívoco, para aquele lado também. A meio da tarde o B veio chamar-me. Fiz sinal ao Paulino para vir atrás de mim, ajudado pelo seu sobrinho David, com a mercadoria que já tínhamos separado, e preparado, e fui conduzido a uma sombra oculta para além do cercado do tyinyiongo. À volta da mala e do canudo encontrei o Nungunu, a irmã e o tyimbanda Miguel mais o seu guarda-costas das luvas brancas. Foi quase uma troca muda. Depositei a mercadoria, que o tyimbanda inspeccionou, e verifiquei o espólio do finado Luhuna. No canudo havia duas folhas da carta aérea 1 para 25 000, certidões, desviadas por certo dos arquivos da administração ou recuperadas depois de o fervor revolucionário dos primeiros tempos da independência os ter desbaratado, como vi fazer noutros locais, de concessões de terrenos na região, entre as quais a que se referia aos 15 000 hectares que o meu pai a certa altura da sua vida demarcara entre o Pico e os Paralelos, e papéis meio queimados que, pela matéria versada, teriam escapado a algum posto de incineração dos cubanos que por aqui tinham andado. Nada disto me interessava nem me convinha reter, nem que constasse, sequer, ter-lhes tido acesso. Na mala havia, entre muito lixo, um molho de pautas de música atadas com um fio, a ruína de um volume de poesia isabelina, um exemplar, também em muito mau estado, do Ravenstein com o testemunho de Andrew Battel que mencionei lá para trás, um exemplar do tal livro do Fenikov, com as partes em que falava do finado Kaluter assinaladas pelo meu pai, um caderno de assentos só com números e, finalmente, um outro atado de papéis com os verdadeiros papéis do Inglês. Vasculhei o resto, não havia mais nada. Apartei só o Ravenstein, para saber o que era, e o molho dos verdadeiros papéis do Inglês, o resto não me interessava, e mesmo a respeito desses informei que os devolveria na manhã seguinte, a troco de jamais constar que alguma vez eu tivesse tido acesso àquilo.

Nos meus planos, a haver ali matéria que me conviesse, tinha tempo para reproduzi-la, oralmente, para o gravador. Não me intuía perturbar para além disso o destino das coisas.

46

No espólio, no entanto, eu não tinha encontrado aqueles outros papéis que segundo o ahumbeto do rendeiro do Kankalona, quando o tyimbanda meu irmão da Muhunda me chamou para levar-me até ele, provinham de um branco que se perdera pela Namíbia e o mais-velho Luhuna também recolhera, para guardar na mala. E a má impressão que eu já tinha do guarda-costas das luvas brancas fazia-me instintivamente associá-lo a isso porque a maneira como me tinha olhado na reunião era de quem esperava alguma reacção minha. Estava a fitar-me da mesma forma quando depois de ter remexido tudo não encontrei quaisquer indícios desses papéis. Aguentei-lhe o olhar, entendi, mas não disse nada. Voltei com os salvados à sombra do mutiati onde as meninas se mantinham sentadas e a jovial sobrinha do meu primo Kaluter, que não tirava os olhos do sítio de onde eu estava a vir, perguntou-me meio alheia se tudo corria como me convinha. Absorto, meio distante também, respondi-lhe que sim mas faltava qualquer coisa. "O quê?", perguntou ela, de súbito alerta, mas eu pedi licença, peguei na minha desconjuntada cadeira e fui para ao pé do fogo. O fim do dia já estava a chegar.

Pus primeiro o volume do Ravenstein de lado mas depois reconsiderei e decidi começar por aí. Estava, evidentemente e depois de tanta procura e conjectura, nervoso e com medo de desatar o caderno de Archibald Perkings. O miúdo David, sobrinho do Paulino, veio-me com o chá que tomo àquela hora e pedi-lhe para chamar o tio, a quem depois perguntei por aquela garrafa de *whiskey* americano, coisa para homem, que tinha deixado, outro dia, a mais de meio. Fiquei ainda a olhar para o horizonte onde o sol se punha, um pouco à esquerda de onde afundara ontem, e percebi que a amiga da sobrinha do meu primo Kaluter estava a olhar para mim. Me regozijei e senti como num filme, com "indígenas" atléticos e belos à minha volta, acácias de copa alta e rasa contra o céu de um poente africano, a savana a desdobrar-se à minha frente e um romance a despontar. Coisa para comover até às lágrimas qualquer um desses nostálgicos que guardam Angola no coração e até estariam cá, se ela os merecesse.

Do testemunho de Andrew Battel o que interessa a esta estória já o disse lá para trás: nas suas andanças, cabotagens e fugas depara com os "Jagas". Lida com travestis no meio deles, o que, naturalmente, o impressiona, e em Benguela vê carneiros do tamanho de vacas. Ravenstein, por sua vez, revela que só publica ali o testemunho de Battel porque os outros de que dispõe sobre aquela região da África, e se devem também a marinheiros ingleses do século XVII, são ainda mais delirantes. Coisa para ver em Londres, nesse ano que vai entrar. E desatei por fim, com a respiração suspensa e as mãos a tremer, os meus tão procurados papéis do Inglês. O caderno de terreno de Archibald Perkings andara muito tempo sem ser usado, tinha uma nota ou duas que remetiam a 1910, a seguir duas páginas com desenhos, uma a reproduzir a hidrografia da região e outra com os croquis e os alçados do sítio das pedras, e depois de repente registava tudo o que se tinha passado desde que fora pela primeira vez ao posto apresentar-se às autoridades portuguesas. E dentro do caderno, dobrado em três e ao comprido, havia o papel solto de uma carta. Depois, na primeira página vazia após os assentos de Archibald, escrita a lápis azul e grosso e em letras garrafais e toscas, encontrei uma só frase devida a outro punho.

A mulata muda

47

A primeira impressão é essa: é como se Archibald quisesse agora apetrechar-se de referências factuais sobre o que estava a passar-se para eventualmente se servir delas no caso de um dia vir a ser acusado de andar à solta depois de ter cometido um crime de morte. O que está registado sobre a primeira viagem ao posto pode corresponder a isso.

A seguir ocorre algo de bem mais surpreendente: pelo que diz quando comenta a segunda viagem ao posto, poderia muito bem ter sido o próprio Henrique Galvão quem Archibald Perkings encontra e o fez voltar de novo ao acampamento. O chefe obtuso e mumificado da primeira vez é que seguramente não é. O que Archibald nos revela do que aí ouviu ajusta-se perfeitamente a uma visão burguesa do tempo colonial que está a viver-se então e pode sem reservas provir de um capitão do exército português, mais perspicaz e vivo do que a maioria da classe, é certo, mas ainda assim candidamente racista até pela maneira como exprime um nacionalismo magoado com a própria mediocridade da substância nacional, à boa maneira lusitana. Num trabalho de ficção que se pretendesse verosímil e imune para a consciência do leitor, eu não poderia meter Galvão e o Inglês a encontrarem-se naquela altura num posto perdido do "fim-do-mundo". O caso dá-se em 1923, Galvão relata-o em 28 e foi em 27 que pela primeira vez veio a Angola… A não ser que cedesse à tentação de um novo golpe de cintura, ainda assim, por certo, menos grave do que certos equívocos introduzidos por alguns romancistas nossos na própria história nacional. Mas segundo o caderno de Archibald Perkings, que eu aliás devolvi à mala do finado Luhuna, embora nada seja dito sobre uma qualquer mudança de personagens, quem dessa vez o recebe no posto começa por fazer-lhe o elogio da caça, entusiasmado com o que começa a saber de elefantes e de leões, e completamente apanhado por essa paixão, como acontece no início das paixões, e revela-se alguém muito ao corrente da política e dos segredos de Angola. Explica a Archibald o que até nem ele próprio sabe acerca do caso de que é protagonista. O governo de Angola está ao corrente do tesouro de Lobengula. Angola, aliás, está cheia de tesouros desses, enterrados não pela natureza mas pela mão dos homens. Só no planalto do Huambo consta que existem pelo menos três: um de um rei egípcio, outro de pré-nacionalistas brasileiros que, na esperança de poder voltar um dia, tinham escondido o produto do seu garimpo quando após muitos anos de deportação em Caconda lhes impuseram o regresso ao Brasil, e outro de um tal Pedro Cota, português, todo em ouro e guardado em gamelas de cera. Mas o governo prefere não mexer em tais assuntos e, mesmo em relação ao caso de Perkings, acha melhor que o corpo do Grego, e a estória que o envolve, se dissolvam sem deixar rasto. Dava perfeitamente, como já lhe tinha sugerido o chefe, para ser o próprio Archibald a enterrar o cadáver e ir depois discretamente caçar e curtir as suas exasperações para outro sítio. Ainda estava a tempo. Deixasse o mulato levar o marfim e as armas do Grego. Daí não adviria qualquer denúncia. E ao peralvilho do conde belga também não interessava que se mexesse no caso. Luanda já o apertara.

Não fosse prestar com frequência alguns serviços menores de espionagem, coscuvilhices mais do que outra coisa, a Luanda e ao Terreiro do Paço, quase sempre à revelia de uns e de outros, há muito teria sido já despachado de Angola. Era homem de muitas e obscuras relações. Quando Alves dos Reis, em Moçâmedes, lhe tinha falado do tesouro de Lobengula, foi a sua vez de lembrar-se que um dia, em Londres, uma Americana lhe tinha também a ele falado nisso. Havia, segundo ela, uma só pessoa capaz de localizar esse tesouro. Era um Inglês, homem novo ainda, filho de um empresário mineiro, que depois de um brilhante início de carreira nos meios académicos britânicos, e de um casamento falhado, andava agora desaparecido e talvez para esses lados. Alves dos Reis, com o seu faro, achou que não seria despropositado, já agora, indagar a esse respeito. O Belga partiu para a Rodésia e nos meios do negócio de marfim confirmou a existência de alguém que nos intervalos das campanhas de caça aparecia vindo daqueles lados e poderia ser Archibald Perkings. O Grego fazia parte desse meio, era mesmo o receptador do marfim de Perkings, e o Belga não terá tido grande dificuldade em convencê-lo a tentar acompanhar o Inglês na próxima campanha, que aliás não tardaria, a pretexto de caçar também. O Grego decide aceitar e só põe como condição ser generosamente pago de imediato e adiantado, não acredita em tesouros. Insinua-se junto de Archibald quando este aparece, contrata por sua vez o Mulato, para assegurar ligações, e passados três meses está instalado no Kwando. Consegue assinalar a pirâmide de pedra, tudo parece confirmar-se, e despacha o Mulato com essa informação para o Belga. Inicia entretanto as escavações, nunca se sabe, e para entrar sozinho na sua posse, havendo tesouro mesmo, dará, se necessário, outro rumo às coisas. É um raciocínio equivalente que há-de levar o Belga a mandar vir a Americana, a fazer-se pagar também adiantado e a conduzi-la até lá a pretexto de um safari, excelente cobertura para ele próprio se deslocar ao local sem despertar atenções de maior por parte das autoridades portuguesas. Havendo tesouro também haveria de dar outro rumo às coisas.

Isto quanto ao enredo. É quanto extraí do caderno de Archibald. Mas não posso ser tão preciso assim quanto ao que lhe terá virado a cabeça a ponto de decidir mudar de cabo à vida, como a carta dobrada vinha a seguir dar-me notícia e a vivacidade das notas do caderno deixavam já suspeitar. É certo que Galvão o brindou com a distinção de considerá-lo — a par de Teodósio Cabral, mais tarde dado a conhecer como co-autor de *Da Vida e da Morte dos Bichos*, com esse Abel Pratas, que foi durante muitos anos director dos serviços de veterinária de Angola — um impecável gentleman que surpreendia ver por ali perdido a caçar elefantes, actividade que a África toda estava mais habituada a ver praticada por marginais do tipo do Grego ou daquele embrutecido administrador seu conhecido que por piedade tinha deitado fogo a um velho negro moribundo. É verdade que até tinha aludido a Covent Garden enquanto estabelecia o confronto entre colonos portugueses, ingleses e alemães e denunciava o abismo entre as cidades coloniais portuguesas e as sul-africanas ao mesmo tempo que se empolgava no elogio de Angola sem poupar o alto comissariado e o funcionalismo em geral. Mas nada disto poderia impressionar e virar a cabeça de Archibald Perkings. Nas notas que regista ao longo da sua viagem de regresso ao acampamento não esconde a piedade e a repugnância que lhe inspira ver aquele distinto, e sem dúvida inteligente, e revolucionário, capitão português, referir a África de Cecil Rhodes como meta de um ideal de civilização que não pode contemporizar nem com a infantilidade e a irracionalidade dos "pretos" nem com a degenerescência abjecta de certos brancos cafrealizados e coniventes com os "selvagens".

48

Quanto à carta, escrita também no segundo regresso ao acampamento, não traz cabeçalho nem qualquer pista de endereço. Mas é sem dúvida, pelas voltas que dá ao assunto, dirigida a uma mulher, e, pelo tom, a uma irmã, parente cúmplice, amiga ou coisa assim. Revela, surpreendemente, uma sensibilidade nalguns traços marcadamente feminina e sobretudo, mais do que a intenção de dar notícias a alguém, a necessidade de produzir uma proclamação que Archibald estaria a dirigir a si mesmo. Nada é aí revelado dos acontecimentos recentes, nem da morte do Grego, nem das idas ao posto, nem de tesouros, nem de passados, nada. Archibald apenas anuncia que vai voltar a abrir-se para a vida e acrescenta depois, e aí emerge toda a complexidade do seu carácter, que isso o vai definitivamente fechar para o mundo a que tinha virado as costas mas a que continuava ligado por rejeição, desprezo, despeito, dor, ódio, sentimento enfim. Vai ter mulher, viver para criar os filhos que lhe vai fazer, não vai mudar de vida, nada, vai é viver ali, sem querer e nem poder conjecturar ou preservar recuos, há avanços que só podem ser assim, é isso que afinal Sir Archibald Perkings não deixa de anunciar ao longo de uma página inteira preenchida com uma caligrafia mais fina e compacta do que a do caderno e em que vale menos a sucessão de eufemismos e metáforas do que o vigor subjacente de uma urgência animal que atravessa todo o texto e denuncia com uma precisão indisfarçável a presença muito concreta, carnal, de uma erecção gloriosa e do odor húmido e fecundável de um objecto puro de desejo. A lei geral do motor da vida e das forças todas, universais, que tem.

    Ora quando Archibald chega ao acampamento o que lhe acontece não é agarrar, para fazer vida com ela, a menina mulata e muda que lhe trazia o chá, de cabelos ainda molhados pelo banho recente e vestida de lavado para assistir, agachada à sua frente, a saia inocentemente entalada entre as coxas descobertas até meio, aos seus concertos na vastidão do leste, e se inflama e chora quando o vê partir para entregar-se às autoridades, no posto. Abate mas é a tiro tudo quanto mexe à sua volta e dispara depois contra o seu próprio peito enquanto à volta as chamas lavram e o avô do Paulino, o Ganguela-do-coice, sai a correr de onde escondido vigiava para, horrorizado, ainda assim lhe saltar primeiro por cima do corpo para entrar na tenda e ver se salvava o violino, as pautas e os livros do fogo, alvos preciosos do seu remoto e fiel fascínio, mais os papéis que eu agora consultava. O que se tinha passado é que a mulata muda também já lá não estava, tinha sido, com as armas, o marfim e o pessoal do Grego, levada pelo Mulato para além da fronteira, para além de todas as fronteiras.

Assim, o Ganguela-do-coice tinha visto tudo, tinha entendido tudo. E era isso, precisamente, que pelo seu próprio punho, a grosso e tosco, estava escrito no caderno de Archibald: *eu vi tudo*. Tudo então o que eu poderia ter querido saber dos papéis do Inglês, e dos do meu pai, acabava por cingir-se àquela singeleza de ajustes, e se encerrava assim, ali?

Aquela noite escura, sem lua, muito avançada já, com toda a gente a dormir à minha volta, era ela que encerrava aquele delírio em que me via empolgado fazia já mais de um ano, e a agitação total, por fora e por dentro, em que eu entrara nos últimos meses? Deveria eu, perdido como estava no vazio da conclusão, das conclusões, a da estória e a da tarefa, a ponderar ainda assim que sim, o sábio sufi tem toda razão, mais que o achado vale sempre a busca, deveria eu ainda, tomado como estava por essa vagueza que sucede ao acto, e que é exacta a mesma que me atinge agora, neste relato, deveria eu ainda assim, exausto e triste, deixar fermentar a ideia insultuosamente prosaica que era a única a aflorar-me agora, e partilhá-la com o Paulino, esse Paulino que sem que eu lhe tivesse pedido nada aguardava ali, na sombra, um gesto meu para desligar da bateria do carro as garras da gambiarra que me iluminava os pés com os papéis ao lado, quer dizer, deveria eu contar-lhe agora, e pô-lo a pensar em todo este enredo para o resto da vida, que o seu avô tinha afinal sabido sempre de um tesouro que ele próprio enterrara, o do marfim do Inglês, e o tinha deixado para trás quando dali fugiu com os salvados do fogo, e depois enquanto viveu, porque para vir um dia a disfrutá-lo era preciso encontrar primeiro alguém que dispusesse de meios, mobilidade, relações e estatuto para o tirar dali e negociá--lo, negócios deste quilate não podiam então deixar de passar pelos brancos, e que além disso fosse também capaz de não se apropriar pura e simplesmente da revelação de um pobre preto? Que esse tesouro esteve ao alcance do meu pai, bastava ter lido aquilo tudo até ao fim e procurado depois o homem que lhe vendera os papéis? Deveria dizer agora ao Paulino que se o seu avô e o meu pai se tivessem reencontrado poderíamos um dia, pelo menos uma breve vez na vida, ter ficado ricos os dois? Era esta a desprezível moral possível, a extrair desta estória, num mundo tão desprezível como este em que eu e o Paulino andávamos a viver? Clamar *horror, horror*, como faz Kurt no *The Heart of Darkness*?

No fim dos mundos, tesouros

49

A busca como a luta, camaradas, continua. Quando o Paulino se levantou para desligar a gambiarra alguém mais saiu da sombra, também. Postada frente a mim a minha prima, quero dizer, a sobrinha do meu primo Kaluter, despenteada e linda, toda em flama, tinha na mão direita um par de luvas outrora brancas e na esquerda um maço de papéis. Para me dizer primeiro: que eu ia ter mais para ler, e entregou-me os papéis do branco da Namíbia; segundo: que assim, achava, ganhava eu e ganhava ela e ficávamos os dois a ganhar outra vez porque desta maneira se estava a vingar do tio, e a me vingar, a mim, da afronta que ele me tinha feito; depois: que após o que vinha de fazer não ia poder deitar-se ao lado da amiga, na tenda que eu lhes arranjara; portanto, com tanta coisa para ler eu não ia com certeza dormir mesmo o resto da noite toda, o melhor era deixá-la ir dormir sozinha na que eu usava; ou então voltava era para o lugar donde estava a vir; por fim: ia acordar a amiga. Para fazer-me chá e companhia. Tesouros, afinal, não era disso que andava à procura? Recebi os papéis, e o futuro dirá da importância que isso ainda poderá vir a ter, olhei-a sem dizer nada e enquanto se afastava fiquei a pensar não no engenho, na coragem, na grandeza daquela minha prima, mas que era preciso levá-la dali para fora já na manhã seguinte porque se tinha ido precisamente meter com a única figura com quem seguramente não convinha estabelecer nem manter comércio nenhum, de espécie alguma.

Desapareceu na noite como num filme. Como num filme: *The End. A very, very* happy end... Bastava continuar a subverter S. Mateus ("onde está o teu tesouro está também teu coração") e achar que tesouro, a haver, há-de estar é onde o coração houver.

Vitivi, 31 de Dezembro de 1999

01.01.00

Nesta passagem do ano, do século, do milénio, sei lá, entrei na minha tenda de dormir nem oito horas eram ainda porque chovia e não dava para estar sentado cá fora, perto do fogo e no meio do escuro, como acontece normalmente às noites. Ontem à tarde ocorreu uma configuração na paisagem de que nunca mais me vou esquecer. Todo este tempo tem sido de chuva e fui aferindo daqui, todas as tardes, os caminhos da água que inexoravelmente nos iam envolvendo umas vezes pelo sul e depois a rodar para leste, outras pelo norte, uma massa pesada e compacta de céu muito escuro que de oriente se estendia até muito longe, uma barreira azul-cobalto por detrás das nuvens mais próximas e das suas bordaduras, dos seus debruns, brancos e explosivos. Só o longínquo ocidente preservava uma faixa de céu limpo, que o sol atingiu quando ia a pôr-se e de onde irrompeu então essa luz verde, rasante e limpíssima, que acontece às vezes e incandesce mais do que ilumina. As superfícies brancas da lona da tenda e da chapa do jipe, o ocre do chão, as ramas dos mutiatis, as pedras e as roupas do

Paulino e do sobrinho, tudo irradiava uma espantosa luminosidade autónoma. De costas para ocidente, era o espectáculo destas fontes de inverosímil luz contra a barreira da chuva a leste, painel total. A envolver o acampamento todo, o jipe dum lado, a tenda do outro, duas árvores no meio e entre e para além delas as pedras que nos servem de cozinha e as pessoas nelas, havia não apenas um, mas dois arco-íris, altos no céu, concêntricos e assentes no perfil do verde da mata próxima. E tudo exactamente no centro dos dois arcos. Uma coisa assim perfeita, concertada, determinada, irreal, e tão completamente ordenada em função daquele local, eclodia perfeita qual aparição e seria puro vício de prevenção não lhe conferir um estatuto de sinal. Mas era como numa gravura abusiva e kitsch, inverosímil e quase obscena pela artificialidade da composição e pelo excesso impudico da cor.

Conrad, Céline, Paulhan, Michaux e Sade, e eventualmente mais alguns, bem como Henrique Galvão, Luiz Simões, Alves dos Reis e Francisco Teixeira da Mota, intervêm no texto e as fontes são aí mencionadas. Recorri mais às seguintes, não referidas: Adam Kuper, Anthropologists and Anthropology, The British School 1922-72, *London, 1973 e Júlio Diamantino de Morais, "Uma história de lendas",* Boletim do Instituto de Angola, 10, Julho-Dezembro, 1954.

Salvo a primeira destas, todos os materiais vieram ao meu encontro, não os procurei.

1ª EDIÇÃO [2007] 1 reimpressão

ESTA OBRA FOI COMPOSTA PELA SPRESS EM GARAMOND E IMPRESSA PELA
GEOGRÁFICA EM OFSETE SOBRE PAPEL PÓLEN SOFT DA SUZANO PAPEL E
CELULOSE PARA A EDITORA SCHWARCZ EM JANEIRO DE 2009